红歌新韵

◎ 王德

作家出版社

图书在版编目（CIP）数据

红歌新韵/王德著. － 北京：作家出版社，2012.7
ISBN 978 － 7 － 5063 － 6056 － 2

Ⅰ.①红… Ⅱ.①王… Ⅲ.①诗集－中国－当代 Ⅳ.①I227

中国版本图书馆 CIP 数据核字（2011）第 188584 号

红歌新韵

作　　者：王　德
责任编辑：郑　仲
装帧设计：朱　娟　潘春燕
出版发行：作家出版社
社　　址：北京农展馆南里 10 号　　邮编：100125
电话传真：86 － 10 － 65930756（出版发行部）
　　　　　86 － 10 － 65004079（总编室）
　　　　　86 － 10 － 65015116（邮购部）
E － mail：zuojia@ zuojia. net. cn
http：//www. haozuojia. com（作家在线）
印　　刷：北京嘉恒彩色印刷有限公司
成品尺寸：152 ×230
印　　张：18.5
版　　次：2012 年 7 月第 1 版
印　　次：2012 年 7 月第 1 次印刷
ISBN 978 － 7 － 5063 － 6056 － 2
定　　价：48.00 元

作者近影

作者全家福

沁园春

作者序言

豪已高擎笔，
犹唯愿年不习文，
老章略世，发过。
老犟壮志少年，
平轻无勋只黑劳。
心怀自，书试身作，
窗牒两湖，
制催征鼓角，
兴海飞潮。

党逢九秩良朝，
老作者心潮似火燎。
速吟诗炼句，
深忱亮调；
编词赞颂，
吟唱歌曲小言英情此扰娇。
闭全卷，
有毛疵谬误，
诚祈角纠。

沁園春
雲山君任中宣部長志賀
王德

天承左旬，明鈞墨法萃英發，肇角擇巨篇。承千文筆譜當審鼓程，維善聖業，技藝精會。展宏圖，任優高精習，鳴遲資中先莫振技。宏圖雲任意優創制，雙旌常再莫振技。

君聞間好六事前，懷助各覽印樞廉。恩待公轉博發超，霎樂功費虛灣。夢訊沸勤艱業效，逡巡就行高是。秋章燕爾中躬績，謙真創品車遠。

王德之印

目 录

土默川放歌
新诗

党啊，儿女亲亲你/2

心灵深处之歌/29

我为伟大的祖国骄傲/34

草原畅思/37

灯的记忆/38

绿色的春天/39

十月放歌/40

新世纪的太阳/41

火红的党旗/42

你是一盏灯/44

早晨的太阳/45

你好，千禧之年/46

红五月献歌/47

新年序曲/48

迎春曲/48

归来吧，澳门/49

时光/50

新春诗笺/51

致共和国卫士/52

春天来到了/52

老大哥颂/53

麦收图/54

焦裕禄之歌（一）/54

焦裕禄之歌（二）/55

"三苏园"放歌/56

我看到了一座丰碑/58

花朵颂/59

献给"三八"红旗手/60

老党员/61

交粮/61

老书记的履历/62

母亲,您向哪里走/77

元宵彩车/77

老教师/78

新年三祝/78

春雷、彩虹、战鼓、天宫/79

冬浇/80

煤/80

希望之光/63

公仆情/81

雷锋,你好/63

现代青年/64

交警赞歌/64

爬山歌

包头交警队歌(一)/65

引曲/84

包头交警队歌(二)/66

唱一唱伟大的共产党/84

包头交警队歌(三)/66

土默川的山水实在美/85

包头交警队歌(四)/67

"三个代表"思想放光芒/86

包头交警队歌(五)/67

锄地曲/88

包头交警队歌(六)/68

永远跟着共产党走/88

包头交警队歌(七)/69

大西部定会变天堂/89

包头交警队歌(八)/69

土默川山水爱煞人/90

包头交警队歌(九)/70

庄户人的好日子在后头/91

包头交警队歌(十)/71

我们用上了自己的品牌/71

乘务员赞歌/73

写对联/74

党旗在咱心中飘/74

光/75

献给责任编辑/76

困惑/76

土默川大地春来早/93

一颗颗红心献"亚运"/94

十三大报告句句是理/95

唱一唱土默川的大丰收/96

老车倌爱唱爬山调/96

欢欢喜喜过大年/97

那达慕的喜讯满村村飘/98

民歌奇葩是山曲儿/98

十六大选出咱的领路人/101

庄户人学文化学上了瘾/102

庄户人越活越好活/103

土默川秋色人人爱/103

土默川处处换新貌/105

土默川盛开致富花/106

旗委书记下乡来/107

公社社员等级歌/107

共产党是咱主心骨/108

喜坏了一个个名画家/117

锄尖尖开出幸福道/118

土默川越看越觉得美/119

爬山歌唱给党来听/120

党的恩情像海洋/121

如今的庄户人展起了腰/122

祖祖辈辈跟党不后悔/124

人里头挑人就数哥哥好/125

咱二人永世不分离/126

小妹妹永远把哥哥等/128

海枯石烂不变心/129

咱二人永远不分开/130

庄户人永世离不开党/132

敕勒新韵
律诗

颂歌曲曲敬献党/134

滚滚铁流耀国辉/138

咏怀老一辈革命家/140

奥运颂歌/142

上海世博会感怀/144

不朽青春驻世间/145

学习《邓选》三卷感怀/146

邓小平百年诞辰纪念/147

城郊经贸文化夜市杂咏/163

春耕诗草/166

乡村黄灌区纪行/168

铁路客运之歌(一)/170

铁路客运之歌(二)/171

时政感怀/173

东行诗笺(一)/174

东行诗笺(二)/176

全国农业劳模颂/177

汶川大地震杂咏/148

"三苏园"吟歌/178

咏玉树地震大救援/150

七绝·题赠刘云山君友/179

庆农民免纳农业税/151

咏土右旗建呼包鄂区域中等城市/179

咏西部大开发/151

哀悼名医王富兄谢世/179

抗洪抢险赞歌/152

咏舟曲特大山洪泥石流灾害救援/180

抗旱战歌/152

哀悼王文兄辞世/180

锄田/153

萨站巾帼应居功/181

植树/153

七绝·土右电厂颂/181

慈父颂/153

赞呼和浩特火车站软卧员工/182

贤母咏/155

赠包头市人大常委会主任张俊华/182

消夏杂咏/156

七律·丽可医疗器体验中心赞/182

梅力更游记/157

中国喜来健萨拉齐体验中心开业/183

抨击八种社会病/159

迎新四题/161

焦裕禄精神赞/162

农村新事拾零/162

赠内蒙古党委常委、包头市委邢云
书记/183

咏《包头日报·民声在线》/183

赠医护员刘小姐师友/184

包头新华保险公司服务台女工赞/184

词

沁园春·颂歌献党/186

沁园春·祖国六十华诞颂/190

沁园春·烦赵宁转赠中国作协李冰、
铁凝并创研部专家/191

沁园春·喜迎世博会/191

锦堂春·上海世博会颂/192

沁园春·庆香港回归祖国/193

满江红·祖国六十华诞感怀/194

沁园春·新世纪祖国颂/194

沁园春·祖国颂歌/194

沁园春·颂十一届三中全会暨改革
开放三十年/195

沁园春·咏抗洪抢险英雄/195

满江红·咏玉树地震大救援/196

沁园春·赠中共包头市委常委、土
右旗委书记李杰翔/196

沁园春·恭贺新喜/197

沁园春·颂党的十四大召开/197

沁园春·贺神舟载人飞船发射/198

喜朝天·纪念"三八"国际劳动妇女
节百秩/198

诉衷情·毛主席诞辰百年祭/199

诉衷情·哀挽胡耀邦同志/199

满庭芳·咏海地遇难中国维和警
察/199

忆旧游·忆吟慈父/200

忆旧游·追咏贤母/200

东风第一枝·咏区内那达慕大会/200

诉衷情·怀焦裕禄/201

沁园春·诉"文化大革命"/201

四木赞歌/203

满江红·战洪图/204

蝶恋花·雷锋精神赞/204

西江月·纪念"八一"建军节/205

水调歌头·咏秋/211

沁园春·咏《老年世界》/211

沁园春·咏《内蒙古日报》改版/212

沁园春·《包头日报》改版感怀/212

满江红·抗击"非典"颂歌/213

沁园春·《包头日报》创刊七旬志贺/213

沁园春·咏战"非典"中的白衣天使/214

夏云峰·咏美岱召寺/214

沁园春·咏呼铁局《铁马》文艺/214

沁园春·喜咏《草原》/215

沁园春·读王老师赠《友众绝律选》/215

沁园春·赞纪检监察干部/216

沁园春·喜土右旗"两会"召开/216

沁园春·学习十三届四中全会公报有感/217

浣溪纱·敕勒川药材市场开业志贺/217

沁园春·赠树君部长并《老年世界》/205

沁园春·赠内蒙古文联、作协阿尔泰主席/206

沁园春·赠包头市文联副主席、作协主席白涛/206

沁园春·赠《内蒙古诗词》编辑部副主任李文佑老师/207

沁园春·贺包头市获誉全国文明城市/207

沁园春·咏《呼和浩特文艺》/208

沁园春·痛悼朱秉龙学友/208

沁园春·呼市公安局信访处警官赞/209

沁园春·赠土右旗殡管所白喜河所长/209

锦堂春·咏包头诗词学会/210

沁园春·阅《内蒙古诗词》《包头诗词》/210

水调歌头·鹿城新貌/211

沁园春·土右旗建呼包鄂区间中等
城市感怀/218
清平乐·冰/218
清平乐·雪/218
沁园春·贺包头新华保险支公司两
岁/219
沁园春·咏丽可、老伴、喜来健理疗
器免费体验中心/219

古风

锦绣江山万年娇/222
江总书记到草原/224
特色理论柱中坚/226
丰碑永归共产党/229
建党七十周年咏赞/231
喜迎建党八十华诞/232
四化宏业耀千秋/234
建党七十八周年颂/236

痛悼小平同志/238
明朝澳门更美好/239
贺"两会"圆满成功/242
颂十三届七中全会公报/244
全国科技大会召开有感/245
孔繁森颂/246
全国"两会"志贺/247
读十一届五中全会公报有感/248
国庆五题/248
咏陆海空联合军事演习/250
亚运会赞/250
贺亚运会圆满成功/251
风雨同舟一家亲/251
开展反腐败斗争有感/252
中华民族精神颂/253
抗日战争胜利五十周年咏/255
新春四章/256
咏自治区新貌/257

咏包头人防地下商城/275

土默川新事/275

土默川丰收图/276

土默川秋景掠影/277

乡村拾零/278

包头抗震救灾赞歌/279

"两会"花絮绽新彩/259

咏土右旗城建局局长云占高/281

父老乡亲皆弃贫/260

咏萨拉齐制药厂厂长王继承/281

孺牛精神扬万年/263

达拉特祺写真/282

七绝·两顾内蒙古政府感赋/264

武川纪行/283

向内蒙古党委书记储波进言/264

抗旱/285

新春四题/265

栽树新话/286

防控"非典"战歌/266

安全行车歌/287

庆《土默特右旗报》创刊十年/267

内蒙古12·14英雄颂歌/269

土右旗医院新风/270

乡村见闻/271

包头一路公共汽车赞/272

大城西乡杂咏/272

咏包头一路公交乘务员/273

咏包钢印刷厂/274

土默川放歌

新诗

党啊，儿女亲亲你

——纪念伟大光荣正确的中国共产党成立九十周年

（一）

风雨

遮天蔽日的风雨

一阵阵

又一阵阵

飞沙走石

惊天扰地

搅得人睁不开眼

认不清路

使祸乱

践踏了人间

黑暗

笼罩了寰宇

世上的一切

都丧失了理智

迷失了方向

陷入了昏迷

（二）

风雨

铺天盖地的风雨

一阵阵

又一阵阵

推波助澜

惊涛拍浪

搅得人头晕眼花

天旋地转

悲伤

覆盖了四海

苦难

充填了九洲

人间的一切

都失去了希望

失去了活力

丧失了生机

（三）

此时

一个荒凉的村庄

一湾洁净的湖水上

漂出一叶小舟

轻轻地摇

默默地漂

似乎在散步消遣

游山玩水

不，在这里

一个纯洁的向往

正默默酝酿

在这里

一个美丽的梦幻

正悄悄孕育

而这时，一个神奇的婴儿

正呱呱坠地

（四）

一时间

村民们醒来

辞别了梦

揉亮了眼

打起了精神

挺起了腰板

鼓足了勇气

拿起了弯弯的镰刀

磨了又磨

擦了又擦

拭了又拭

摸了又摸

将蚀锈磨去

把腐蚀擦光

直到它锋利如剑

削铁如泥

（五）

一时间

工友们跃起

挽起了袖

握紧了拳

擦去了汗

抹了把脸

挺起了胸脯

举起了铮铮的斧头

掂来挥去

劈来砍去

舞来舞去

练来练去

要将手脚上的锁链劈开

将头顶上的大山砍去

使自己

成为当家做主的阶级

（六）

一时间
商铺门敞开
店员们站起
东张西望
南观北察
上闻下问
辨明了方向
认清了敌友
终于看明了路
认准了旗
他们有钱的捐钱
有力的出力
用锋刃的银镰
将生财的欲望割去
用刚强的金斧
将无影的幻想砸弃

（七）

一时间
书生们挺起
打开门窗
扔下书本
抛弃课堂

冲出校门
唱起了歌
呼起了号
举起了旗
贴起了标语
他们放开喉咙
亮大嗓门
一遍遍
又一遍遍
呼唤着自由
呼唤着真理

（八）

一时间
军营里沸腾
士兵们奋起
磨拳擦掌
厉兵秣马
子弹上膛
刀剑出鞘
似乎决战一场
哪怕抛头颅
洒热血
也得让豺狼虎豹
狐群狗党
窝蛆蛙虫
这些压在头上的山石

在人间消失
世上绝迹

（九）

啊，久违的秦皇
你是英雄的化身
帝王的标像
疆场的神骑
你用马背上的大刀
手中的长矛
将一个个对手征服
用滚烫的汗水
沸腾的鲜血
将一片片疆土收回
用钢筋铁骨
强精健神
筑起了钢浇铁铸
继祖绝世的
万里长城
将豺狼虎豹抵御

（十）

啊，英俊的汉武
你自幼聪慧
颇喜文墨
登基揽政

赏罚严明
在政坛上
抛弃了偏信
选择了兼听
在众臣中，选择了任人唯贤
抛弃了任人唯亲
那一个个的败局
一阵阵的惊涛骇浪
都转危为安
那一场场的变故
一次次的争战
都化险为夷

（十一）

啊，贤明的唐宗
你是那样的果敢
而又英勇
一把利剑
一匹青鬃
威震玄武门
为社稷
敢于冒险
为江山
大义灭亲
一阵阵的喝彩
一声声的拥戴
没有忘乎所以

没有沾沾自喜

而是一步一个脚印

一步一层阶梯

（十二）

啊，机智的宋祖

你将清澄澄的酒

倒在一个小小的杯里

又倒在一个小小的杯里

谈笑间

同相知的对手

同抗衡的敌手

一饮而干

又饮而尽

从此

从此往后

你高枕无忧

独占了金殿

独揽了天下

让大宋江山

锦绣无比

（十三）

啊，英雄的秦皇

英俊的汉武

贤慧的唐宗

聪明的宋祖

你们成名一时

炒作一世

创业一时

功盖一世

不愧是华夏的壮士

炎黄的英杰

对于中华民族

神州热土

可以说得上

一千个

一万个

对得起

（十四）

啊，英雄的秦皇

英俊的汉武

贤明的唐宗

聪明的宋祖

尽管你们名扬一时

功盖一世

然而

只是"略输文采"

"稍逊风骚"

用"伟大"来检验

仍有差距

用"光荣"来鉴定

尚不够格

用"正确"来考察

还有分歧

也有距离

（十五）

啊，英雄的秦皇

英俊的汉武

贤慧的唐宗

聪明的宋祖

还是有点自知之明吧

将在天之灵

回归到曾经生息

繁衍过的地方

回归到中华大地

看看这里的花花草草

山山水水

人文地理

看看这里的过去，现在

将来

看看这里的二十世纪

（十六）

金秋

隆隆的炮声

一声声

又一声声响起

震醒了北疆

震醒了长城

神州，寰宇

初生的婴儿

向着东方

拨开云雾

撩开曙光

迎着晨曦

一次又一次

大口大口地吮吸

吮吸着

新鲜空气

（十七）

那先驱者

血一样的墨

刀一样的笔

放声欢唱

纵情高歌

"庶民的胜利"

歌声

伴着一股股风

一股股春风

带着一阵阵雨

一阵阵春雨

潜移默化

不知不觉

融入婴儿肺腑

脑际

融进婴儿胸腔

心里

（十八）

一叶小舟

轻漂在湖面

湖面上

没有一丝丝风

也没有一丝丝雨

看起来

悠闲自得

风平浪静

无声无息

然而

一个顶天立地

叱咤风云

降龙伏虎的巨人

历史的巨人

创立在这里

成长在这里

（十九）

成长中的婴儿

挥动着双桨

轻飘飘地

向前游着

这里呀

逍遥自在

平安无事

然而

一场开天辟地

改朝换代

建功立业的创举

历史的创举

像惊雷疾电

暴风骤雨

从这里兴起

大张旗鼓地兴起

（二十）

刀光，剑影

血雨，腥风

一股股

接着一股股

一阵阵

紧似一阵阵

顽强地反抗着

坚强地斗争着

血腥地镇压着

冷酷地摧残着

头颅在抛

热血在洒

志士仁人

一批批

又一批批

倒在血泊里

（二十一）

剑影，刀光

腥风，血雨

笼罩了城市、农村

凝结了云雾、空气

杀人魔王

眼更红了

手更辣了

心更狠了

刽子手的屠刀

越砍越无情

越砍越残忍

越砍越锋利

白色恐怖

弥漫万里

山河失色

天地悲泣

（二十二）

苦难磨炼人

生死考验人

英雄造时势

时势造英雄

此时，

暴风骤雨中的婴儿

出生入死

茁壮成人

国父的援救

盟友的邦交

使南方的城头上

爆发了枪林弹雨

惊飞了狼梦

吓破了贼胆

从此往后

人世间就有了"八一"

（二十三）

啊，南昌

英雄的南昌

挺拔的南昌

举世无双的南昌

独一无二的南昌

你听从母亲的召唤

在节骨眼上

沉着，勇敢

无所畏惧地

打出了第一枪

打出了神圣的第一枪

这一枪啊

震天撼地

惊天动地

改天换地

开天辟地

（二十四）

震天撼地的一枪

锻硬了锋利的镰刀

惊天动地的一枪

铸强了坚实的斧头

改天换地的一枪

点燃了井冈山的烽火

开天辟地的一枪

染红了秋收的义旗

伴奏着刀光、剑影、血雨、腥风

工农革命军脱颖而出

迎战着剑影、刀光、腥风、血雨

星星之火

不灭的星星之火

燃遍了长城内外

大河上下

燃遍了神州的南北东西

（二十五）

啊，秋收起义

农民的起义

胜利的起义

镰刀

锋利的镰刀

割掉了畏惧

割去了荆棘

割出了勇气

斧头

坚实的斧头

砸烂了封锁

砸碎了梦寐

砸来了风雨

倾城风雨

不息的风雨

为井冈山沐浴

（二十六）

啊，井冈山

雄伟的井冈山

秀美的井冈山

你真幸运

你真光荣

披挂着瞬息万变的风云

沐浴着铺天盖地的风雨

你拱起双手

敞开胸怀

迎来了久别的亲人

迎回了自己的队伍

迎来了美好

迎来了幸福

使自己成为了光荣

最光荣的第一根据地

美好、幸福的发祥地

（二十七）

啊，秋收起义

井冈山

啊，井冈山

秋收起义

多么默契

多么吉利

也许是巧合

也许是天意

二十八划

二十八年

打江山，二十八年

坐江山，二十八年

拯救了华夏

拯救了人民

征服了世界

征服了寰宇

（二十八）

井冈山啊

英雄的山

井冈山啊

胜利的山

重重围围

围围重重

鸟飞不过

兔奔不拢

针插不进

水泼不进

凶狠的顽敌

欲置之死地而后快

英雄的儿女

笑傲江湖

岿然不动

威武不屈

（二十九）

打土豪

分田地

斗劣绅

鼓士气

穷苦人得救了

奴隶们翻身了

天底下

又有了谈笑

又有了欢喜

父母送儿

妻子送郎

投奔军旅

跟着毛委员

南征北战

讨东伐西

战天斗地

（三十）

千丝万缕

写进了考察报告

万千风情

投进了讲习所里

在风口浪尖上呼号

在枪锋刀刃上奔袭

死神

强壮了胆魄

凶险

坚定了意志

而左右倾怪病的发作

倾家荡产

伤天害理

葬送了无辜的生命

葬送了锦绣的前程

葬送了鲜活的生机

（三十一）

斧头

愈来愈坚强

镰刃

愈来愈锋利

他们呀

已成了最宝贵

最锐利

最得心

最应手

最有效的武器

凭着这些，又一次地

一举攻上了井冈山头

将它装扮得

既宏伟，又壮丽

从此，从此啊

共和国才有了奠基

（三十二）

封锁

钢网式的封锁

一回回

又一回回

围剿

铁桶似的围剿

一次次

又一次次

而革命的种子

斩不尽

杀不绝

野火烧不尽

春风吹又生

而就在三湾的生死关口

你将自己的儿女

紧紧地揽在了自己的怀里

（三十三）

天啊

是漆一样的墨黑

地啊

是铁一样的封闭

在漫漫征途中

儿女们

站起，倒下

倒下，又站起

鸟飞不过的雪山

一寸寸地爬卧

虫蹚不过的草地

一步步地越履

回首望

那二万五千里的路上哟

挖尽了草根

剥尽了树皮

（三十四）

漫漫征途上

一步步艰难

一步步血泪

一步步钢骨筑

一步步热血洗

炮火中

威武不屈

枪弹中

从容就义

而此时此刻啊

一座城池

一席会议

让一位啊

一位历史伟人

擎起了帅旗

从此啊，才有了希望

有了生机

（三十五）

茫茫征途上

每一步

都要流鲜血

每一步

都要掉骨肉

千山万水

如一股细流

万水千山

像一丝稀泥

泸定桥

迎候施礼

大渡河

恭让作揖

那波浪滔滔的赤水哟

更是服服帖帖

四顺四依

茫茫征途上

望不尽的险恶

走不脱的凶惨

挣不掉的叛离

另立山头者

蠢蠢欲动

背道而驰者

抢夺先机

大智大勇

大怀大度

大舍大得

大仁大义

取代了那些四分五裂

三心二意

路啊，漫长的路

被一脚一脚，一步一步

径直踩到了宝塔山底

（三十六）

宝塔山啊

雄伟的宝塔山

春夏秋冬

寒来暑往

都是那样的挺拔

那样的矗立

此时此刻

他敞开胸怀

伸出双臂

将儿女，自己的儿女

久别重逢的儿女

历尽千难万险的儿女

凯旋归来的儿女

紧紧地，紧紧地

紧紧地抱在怀里

搂在怀里

（三十七）

啊，奇迹哟奇迹

绝无仅有的奇迹

不足一尺的脚板

不足二尺的步履

一脚一脚，一步一步

一脚又一脚，一步又一步

整整摩擦了

三百六十五个日日夜夜

整整丈量了

两万五千里

这是哪家的故事

哪家的戏剧

哪家的业绩

啊，这是何等的动人

何等的美妙

何等的壮丽

（三十八）

啊，如此的故事

如此的戏剧

当年也曾传说

也曾上演

也曾搅起波澜

也曾感动上帝

而历史的车轮

历史的情感

并不如意

也许是统治者过分凶残

过分暴戾

也许是举义者有些懦弱

有些惫疲

最终导致了不应有的

十分不应有的

历史悲剧

（三十九）

啊，如此的故事

如此的情节

如此的悲剧

俱往矣

而今天

我们的三百六十五个

日日夜夜

整整一年的历程

两万五千里

是宣言书

历史的宣言书

是宣传队

是马列主义

毛泽东思想的宣传队

是播种机

播撒革命火种的播种机

（四十）

斧头

沉甸甸的斧头

镰刀

明闪闪的镰刀

将山石撬开

把泥土翻起

火红的种子

一颗颗，又一颗颗

一粒粒，又一粒粒

生根，发芽

开花，结果

使荒废千年

寸草不生

被遗忘的角落

秀丽的南泥湾

庄稼遍体，牛羊满地

（四十一）

还没有站稳

没有坐正

没有入睡

大门外

街邻里

沸沸扬扬

狼烟四起

你稳座中流

澄清是非

力排众议

以一个"和"字

将独裁者、叛逆者

拉回了队里

让四万万国民

携手并肩

共同对敌

（四十二）

太行山

不屈的太行山

三千个白天

三千个黑夜

三千场雷雨

三千场冰雹

巨石，险峰

崇山，峻岭

几乎炸成了平地

面对野兽的血口

豺狼的大炮

强盗的飞机

脊梁骨啊

是那样的竖直，那样的倔强

从没有啊，从没有

卑过躬，屈过膝

（四十三）

平型关

勇敢的平型关

一条口袋

宽大的口袋

狭长的口袋

埋葬牲畜的口袋

自古以来

这儿是平安的关口

和谐的据点

友好的纽带

那些野蛮的牲畜

吃人的野兽

钻进来，出不去

活活地憋死在袋里

让苦难中的奴隶啊

长舒了一口气

（四十四）

天罗地网

一层层

又一层层

草木皆兵

一阵阵

又一阵阵

怒冲冲的子弹

弹弹俱中

亮闪闪的刺刀

刀刀见红

张牙舞爪的侵略者

威风扫地

一败无遗

惊天动地的大战中

乖乖地，乖乖地

举起了白旗

（四十五）

奴隶们眉开了

眼笑了

古神州天晴了

雾散了

再不用当牛作马

再不愁失所流离

然而

独夫，民贼

却要独吞果实

排除异己

拒绝和平

拒绝团结

拒绝联谊

急不可待

又一次，又一次

将内战挑起

（四十六）

得道多助
失道寡助
腐朽没落
众叛亲离
你登高远望
果断将东北大门关闭
中华健儿啊
如鱼得水
如虎添翼
将那些山上藏的
城中守的
海边来的
一举歼灭
做到了坚决、干净、彻底
苦难深重的东三省啊
率先回归人民手里

（四十七）

隆隆炮声
炮声隆隆
六朝古都
在梦中被惊醒
犹豫之际

他哆嗦着
颤抖着
是体面地回家
还是将亲情抛弃
是要罪名
还是要功绩
在艰难的抉择中
故宫
天安门
中南海
都纷纷回家欢聚

（四十八）

海海漫漫的中原
平平展展的中原
千百年来
兵家必争之地
小个子
大兵家
六十万对八十万
凭谋略
凭心计
一口一口
一个一个
连骨头带肉
吞进肚里
从此，从此啊

万里江山
露出了笑意

（四十九）

啊，辽沈、平津、淮海
三大战役
惊天动地
改天换地
开天辟地
三大战役
以土胜洋
以小胜大
以少胜多
以弱胜强
是历史的典范
历史的奇迹
如此奇迹啊
是人民群众
用三轮车推出来的
人民群众啊
永远是历史的动力

（五十）

啊，滚滚长江
一道天然的防线
将一个国家

分割成两个世界
一个光明
一个黑暗
一个繁荣兴旺
一个腐朽没落
划江而治
似乎成章顺理
然而，尽管双方台历上
不断弹奏着
和谈进行曲
明眼人一看便知
这是失败者
在玩弄着把戏

（五十一）

劝导
不厌其烦地劝导
等待
极其耐心地等待
均无动于衷
于事无济
无奈之下
百万雄师齐发
一叶叶小舟
激流勇进
一个个战士
生龙活虎

19

转瞬间
曾经不可一世的
总统府上空
飘起了红旗

（五十二）

啊，蒋家王朝
短命的王朝
专制，独裁
腐败，无能
天时废
地利失
人和丧
尽管美式枪械
貌似强大
而实打起来
恰似一摊稀泥
不怨天
不怨地
而要怨自己
是自己害了自己
自己灭亡了自己

（五十三）

一九四九年
十月一日

这是一个吉祥的日子
告别过去的日子
珍惜现在的日子
展望未来的日子
一个美好的日子
幸福的日子
北京天安门前
高高地升起了五星红旗
一位世纪伟人
顶天立地的世纪伟人
以惊天动地的嗓音
宣布了一个举世无双的消息
中华人民共和国成立了
伟大的中国人民从此站起

（五十四）

一九四九年
十月一日
这一天啊
是最自由的一天
是谈天说地的一天
这一天啊
是最浪漫的一天
是呼天唤地的一天
这一天啊
是最有意义的一天
是战天斗地的一天

这一天啊

是最欢乐的一天

是改天换地的一天

这一天啊

是最美好的一天

是翻天覆地的一天

这一天啊

是最幸福的一天

是开天辟地的一天

这一天啊

是最高兴的一天

是欢天喜地的一天

（五十五）

这一天啊

不能忘记

永远不能忘记

这一天啊

不应该忘记

永远不应该忘记

这一天啊

不要忘记

永远不要忘记

这一天啊

不得忘记

永远不得忘记

永远永远不得忘记

（五十六）

这一天啊

值得牢记

永远值得牢记

这一天啊

应该牢记

永远应该牢记

这一天啊

必须牢记

永远必须牢记

这一天啊

要切切牢记

永远切切牢记

这一天啊

要确实牢记

永远确实牢记

永远永远确实牢记

（五十七）

啊，伟大的共和国

你冰上滚

雪中磨

风里来

雨里去

整整二十八个春夏

二十八个秋冬

抛掉了千千万万个头颅

千千万万腔热血

受尽了数不清的灾难

数不清的困苦

才有了命脉

有了生机

才有了十月一日

这个生日

才有了鲜红鲜红

血染的第一面

五星红旗

（五十八）

啊，伟大的共和国

在九百六十万平方公里

在东亚神州

在茫茫环球上

你能够屹立

能出类拔萃

迎风傲雪

披荆斩棘

顶天立地

全靠这面旌旗

支撑你的

是千千万万的镰刀

千千万万的斧头

他们用鲜血

用滚烫的鲜血

染红了这面旌旗

（五十九）

历史的车轮旋转着

时代的脚步前进着

一条金光大道

踩开了

一个光明方向

瞄准了

一幅美景图画

绘成了

一个锦绣家园

建起了

而此时此刻

几只窝虫

冒天下之大不韪

煽风点火

兴风作浪

将熊熊大火燃起

（六十）

天昏了

地暗了

人变成了妖

妖装成人

天底下

失去了公道

人世间

没有了真理

疯狂的浩劫

深重的灾难

野心家的作孽

阴谋家的祸乱

一次次

又一次次

再一次次

痛伤了民生国计

（六十一）

善有善报

恶有恶报

善要善报

恶要恶报

不是不报

时辰未到

时辰一到

一切都报

也许，这是箴言

也许，这是真理

一九七六年

十月六日

忍无可忍的人民

果断行事

重拳出击

将四条窝虫唾弃

（六十二）

历史已经证明

"伟大、光荣、正确"

不是喊在嘴上

写在纸上

印在书上

空洞无物的东西

实践反复证明

"伟大、光荣、正确"

千锤百炼

久经考验

已是千真万确

名言至理

经验证明

在危难关头

你呀，能自己管理自己

自己拯救自己

（六十三）

革除了肿瘤

驱除了病毒

身躯更强壮了

肌体更健康了

从此，拦路虎已搬开

绊脚石已踢去

你可以放开双腿

迈开大步

向"四化"冲击

让人民群众

勤劳、幸福

扔掉贫穷

扔掉愚昧

走向小康

走向富裕

走向共产主义

（六十四）

胸怀祖国

放眼世界

这曾经啊

是一代人的夙愿

而今

这似乎有点保守了

过时了

走出地球

走向寰宇

到另外的星球去

这才是时髦的词句

不是吗

请看我们的神舟

带着神圣的使命

自由自在地翱翔

翱翔在茫茫天际

（六十五）

神奇的飞舟

神奇呀，神奇

带着使命

带着信息

一忽儿南

一忽儿北

一忽儿东

一忽儿西

一忽儿高

一忽儿低

游览了天宫

游遍了寰宇

惹得孙大圣惊叹

连连惊叹

"不如神六"

"更不如神七"

（六十六）

华人与犬

不得入内

多么欺人

何等受气

"东亚病夫"

被称谓了多少年月

多少世纪

世界体坛上

更是座无一席

而今，百年奥运

中华健儿称雄

攻关夺隘

抢金争银

扬眉吐气

四海友朋齐赞

榜上奖牌第一

（六十七）

啊，奥运圣火

尊贵的奥运圣火

难忘的奥运圣火

不灭的奥运圣火

几千年

几百年

几十年

勤劳善良的中华儿女

传宗接代

前仆后继

终于啊，终于

终于在中华大地上熊熊燃起

燃呀，燃呀

燃亮了一条条路

燃明了一颗颗星

燃红了一面面旗

（六十八）

世界博览会

多么高贵

多么博大

多么宽阔

多么深奥的平台

从古至今

谁可展示

谁能登攀

谁能驾驭

富者，强者

轻而易举

贫者，弱者

望而生畏

在崭新的世纪

东方明珠，大上海

挂起了帅旗

25

（六十九）

建筑群
架设着宏伟
场馆街
集聚着美丽
春江浪
翻滚着亲情
春江水
流淌着友谊
元首们来了
艺师们来了
游客们来了
观众们来了
整个上海滩
发展在汇聚
美好在汇聚
友谊在汇聚

（七十）

啊，神州
可爱的神州
昔日的血
昔日的泪
昔日的苦
昔日的难

都统统埋到上海滩下
统统扔到黄浦江里
再见了
永远再见了
帝国主义
封建主义
官僚资本主义
十三亿儿女迎来的
是真正的社会主义
真正的共产主义

（七十一）

古往今来
耕者种地
种地纳粮
安邦富国
天经地义
自天下大乱
到天下大治
从贞观之治
到康乾盛世
都顺征粮
都顺增税
只有在崭新的年月
崭新的世纪
所有的农牧民
才告别了摊派

告别了负担
登上了通往天堂的天梯

（七十二）

今天
已是二十一世纪
崭新的二十一世纪
辉煌的二十一世纪
灿烂的二十一世纪
胜利的二十一世纪
今天
历史已进入了新的一页
勤劳的中华儿女
善良的中华儿女
勇敢的中华儿女
不屈的中华儿女
已经历了四代领导集体
毛泽东主席，邓小平主席
让我们的腰杆挺起
江泽民总书记，胡锦涛总书记
让我们的腰包鼓起

（七十三）

啊，崭新的年月
辉煌的世纪
九百六十万平方公里

都建起了医疗体系
卫生体系
娱乐园，广场上
都有了健身器
什么天花、霍乱、疟疾
什么流脑、乙肝、瘟疫
都躲避得无影无踪
无声无息
长寿者
比比皆是
耄耋者
男女济济

（七十四）

啊，崭新的年月
辉煌的世纪
"金米""洋面"
已越来越不稀罕
已越来越不新奇
布料、制服
已越来越不景气
自行车、摩托车
已越来越不适应
土房、茅屋
已自觉地销声匿迹
高楼、大厦
已争先恐后地矗立

27

十三亿勤劳的人民哟

都沉浸在美满的幸福里

尽情地享受着自由、乐趣

（七十五）

不知不觉中

三十而立

四十而不惑

五十而知天命

六十、七十啊

人生古来稀

八十、九十呵

已是耄耋之年

是不是哟

要陪伴花圈与墓穴

不，决不是

对于你

这正是生根、发芽

开花、结果

成熟之际

丰收之季

（七十六）

从无到有

从小到大

从弱到强

从败到胜

一个呱呱坠地的婴儿

已能克千难

化万险

叱咤风云

呼风唤雨

已成主心骨

连心肉

钢铁栋梁

中流砥柱

战必能胜

攻必能克

斗必能取

成功的象征，美好的代名

幸福的先驱

（七十七）

时至今日

喉腔内

已汇集了万语千言

嘴边上

已堆积了千言万语

万语千言

千言万语

归根结底

凝冻成一言一句

跟着你

永远跟着你

祖祖辈辈跟着你

世世代代跟着你

海枯石烂不变心

天塌地陷不弃义

永远永远跟着你

（七十八）

呵，伟大的党

你把黑暗的苍天掀去

将明亮的青天托起

呵，光荣的党

你把凶神恶煞的野豺狼赶走

将外强中干的纸老虎击毙

呵，正确的党

你把压在儿女头上的"三座大山"

搬掉

将"东亚病夫"的脊梁骨挺起

把文明富裕的金光大道铺就

将通向自由幸福的大门开启

呵，亲爱的党

你虽然经历了千难万险，千锤百炼

可依然是那样的沉着、果断

那样的刚强，坚毅

那样的立于不败之地

呵，亲爱的党

在这承先启后，继往开来的关键

时刻

请你把身上的灰法洗洗，再洗洗

让儿女亲亲你，再亲亲你

2010．6．10．草

心灵深处之歌

——献给亲爱的祖国亲爱的党

亲爱的祖国，

亲爱的党，

您的儿女——我，

曾在风浪里搏击，

也曾在雾海中迷茫。

艰难险阻夺去了我的青春，

辛劳困苦枉费了我的时光。

奉献，已经注满了我的神经！

廉洁，已经安居在我的心房！

啊，亲爱的祖国，
亲爱的党，
请您接受忠诚儿女的一片衷肠！
啊，我还年轻，
我还体壮，
我还企求！
我还渴望！
我年轻——生命的道路已经延长，
我体壮——党已经给了我又一分力量；
我企求——有一分热发一分光，
我渴望——还给我那丢失的时光！

还给我那丢失的时光——我要攀登！
还给我那丢失的时光——我要远航！
还给我那丢失的时光——我要前进！
还给我那丢失的时光——我要飞翔！
我要向文化的阶梯上攀登，
我要在科学的海洋中远航，
我要在技术的尖端处前进，
我要在知识的领域里飞翔！

凭我的信心，
我的信心可以举起地球；
凭我的意志，
我的意志可以融化太阳；
凭我的本领，
我的本领可以改造乾坤；
凭我的艺术，

我的艺术可以绘制天堂！

啊！亲爱的祖国，
亲爱的党，
不知不觉中，
您已经走过了五十年的历程，
开创了半世纪的辉煌！
而今，为了庆祝您的生日，
我应当有所建树，
应当为您争光！
为此，
请您接受我诚挚的心肠！

近来，我的胸怀不断地膨胀，
一部部战略，一个个规划，
都被它一个个地包囊；
近来，我的瞳仁不住地扩张，
它已跨越国界，跨越一座座高山、
一个个海洋，
摄录了无数的摩天大楼、现代化工厂！
近来，我的血液持续上涨，
它将冲垮阻止激流的堤岸，
冲毁那些束缚、压抑的条条框框！

啊！亲爱的祖国，
亲爱的党，
您的儿女虽然被夺去了美丽的青春，
夺去了美好的时光，

可他并没有气馁，
并没有忧伤，
也并没有悲观，
并没有失望！
啊！亲爱的祖国，
亲爱的党，
是您，疏通了我的血脉，
是您，搏动了我的心脏，
是您，擦明了我的眼睛，
是您，坚定了我的脚掌！
我完全有条件重振旗鼓，
我完全有可能再书篇章。

啊！亲爱的祖国，
亲爱的党，
是您，揭去了我眼前的迷雾，
是您，取掉了我头上的枷杖，
是您，砸碎了我心中的箍咒，
是您，开辟了我用武的战场！
近来，我的手指不由得发痒，
一个个汗毛孔呲牙咧嘴，
仿佛要变成腾飞的翅膀；
近来，我的脚趾猛长，
一个个细胞摩拳擦掌，
恨不得一步跨入天堂！
近来，我的神经已处于"一级战备"，
哪怕蹈火赴汤。

啊！亲爱的祖国，
亲爱的党，
为了把纯洁上的灰尘涤荡，
请您还给我那丢失的时光！
为了医治美好中的创伤，
请您还给我那丢失的时光！
为了将那假恶丑埋葬，
请您还给我那丢失的时光！

啊！亲爱的祖国，
亲爱的党，
为了把民主、文明镶入社会，
请您还给我那丢失的明光！
为了把真善美建在人们心上，
请您还给我那丢失的时光！
为了千秋万代的繁荣富强，
请您还给我那丢失的时光！

啊！亲爱的祖国，
亲爱的党，
我那丢失了的宝贵时光，
带走了我人生的锦绣篇章；
我那丢失了的宝贵时光，
破灭了一代两代甚至三代人的希望；
我那丢失了的宝贵时光，
给世界罩上了一层雾朦朦的纱帐！

啊！亲爱的祖国，

亲爱的党，
我那丢失的宝贵时光，
惊飞了我春天的鸟语花香；
我那丢失了的宝贵时光，
拆散了我连理枝上的抱颈鸳鸯；
我那丢失了的宝贵时光，
是一本用黄金也计算不清的损失账。

啊！亲爱的祖国，
亲爱的党，
我将用那还回来的宝贵时光，
瞄准火候，
站在炉旁，
把铁炼成钢；
用知识和技术，
将你塑造成钢的形象。

啊！亲爱的祖国，
亲爱的党，
我将用那还回来的宝贵时光，
锄云犁雨，
斩风劈浪，
把土种成粮；
用科学和汗滴，
将您耕耘成粮的海洋。

啊！我亲爱的祖国，
亲爱的党，

我将用那还回来的宝贵时光，
紧握钢枪，
日夜巡逻，
守卫边疆；
以十倍的警惕和百倍的勇敢，
粉碎那些侵略成性的豺狼。

啊！亲爱的祖国，
亲爱的党，
我将用那还回来的宝贵时光，
坐穿教室，
磨秃金笔，
蹲破书房；
让那些书本上的真理，
都在我心里储藏。

啊！亲爱的祖国，
亲爱的党，
我将用那还回来的宝贵时光，
把时髦送在偏僻的山乡，
把需求送在渴望者的家门，
把幸福生活送在人们心上；
让心灵的广阔天地，
都变成创造物质和精神的文明市场。

时代在飞一样地变，
潮流在飞一样地闯，
现实在轻飘飘地舞，

未来在乐呵呵地唱！
啊！亲爱的祖国，
亲爱的党，
在点缀你光辉历史的长河中，

请接收我这宝贵的时光！

啊！亲爱的祖国，
亲爱的党，
二十八度的风雨，
磨炼了你的刚强，
六十度的春秋，
铸就了你的辉煌。
我们为你振臂欢呼哟，
为您放声歌唱！

啊！亲爱的祖国，
亲爱的党，
你有永垂青史的丰功伟绩，
你有松柏常青的百世流芳；
你有劳苦大众的衷心拥戴，
你有工人阶级的钢铁脊梁；
你有独具特色的邓小平理论，
你有战无不胜的马列主义、毛泽东
思想！

啊！亲爱的祖国，
亲爱的党，

你领导我们战胜了艰难险阻，
你领导我们赶走了虎豹豺狼，
你领导我们推翻了三座大山，
你领导我们平息了惊涛骇浪，
你领导我们奔上了康庄大道，
你领导我们步入了玉宇天堂！

啊！亲爱的祖国，
亲爱的党，
此时此刻，我们为你骄傲自豪，
此时时刻，我们为你鸣号张榜，
此时此刻，我们为你张灯结彩，
此时此刻，我们为你整容化妆，
此时此刻，我们为你排忧解难，
此时此刻，我们为你添辉增光！

啊！亲爱的祖国，
亲爱的党，
今天，你的儿女能革故鼎新，
今天，你的儿女可开来继往，
今天，你的儿女能揽月捉鳖，
今天，你的儿女可蹈火赴汤，
今天，你的儿女能顶天立地，
今天，你的儿女可再创辉煌！

啊！亲爱的祖国，
亲爱的党，
只要你一声令下，

我就会立即冲锋陷阵；
只要你一声令下，
我就一定能擒贼擒王；
只要你一声令下，
我们就一定要奔向小康！

啊！亲爱的祖国，
亲爱的党，
你下令吧，我们要挽起衣袖，
甩开臂膀，
把世世代代的企求，
把祖祖辈辈的期望，

把子子孙孙的意愿，
都编织在九百六十万平方公里
神奇的土地上。

啊！亲爱的祖国，
亲爱的党，
你下令吧，我们要振起双翼，
扬帆起航，
将蟠桃仙国的齐天大圣，
将灵霄宝殿的王母玉皇，
将玉宇琼楼的童男童女，
都一齐请到人间共享福康。

我为伟大的祖国骄傲

漫漫长夜月黑风高，
黑暗中处处鬼哭狼嚎。
仓促间，星星之火聚集，
继而熊熊燃烧。
轻捷的一叶小舟，
从此成为民族的航导。
这时候，我从心底里感受了，
我们伟大祖国的骄傲！

芦沟桥的枪声乍响，

鬼子趁机伸出了魔爪。
英勇的铁血男儿，
迅速挥起了锤刀。
劈碎了东洋鬼子的烧杀抢掠，
砸烂了帝国主义的枷锁镣铐。
这时候，我从心底里感受了，
我们伟大祖国的骄傲！

八百万大军围追堵截，
陆海空合体轮番清剿。

铁打的人民子弟兵，
南征北战，东伐西讨。
从疆边打到了山巅，
把胜利的红旗插到了天涯海角。
这时候，我从心底里感受了，
我们伟大祖国的骄傲！

人民领袖一声令下，
天安门鸣响了欢庆的礼炮。
鲜血染成的五星红旗，
向普天下庄严宣告，
祖祖辈辈受苦难的劳苦大众，
从此站立起来了！
这时候，我从心底里感受了，
我们伟大祖国的骄傲！

历史的长河奔涌不息，
淹没了几只臭虫跳蚤。
克敌制胜的英雄人民，
紧紧掌控着历史的航标。
天安门更雄伟地矗立，
五星红旗更高地飘。
这时候，我从心底里感受了，
我们伟大祖国的骄傲！

全世界六十亿人的泱泱家族，
不再有十三亿的缺少。
这是真理的矫正，

也是历史的再颠倒。
"天塌下来小个子顶着"，
联合国大厦上开始有了中华的名号。
这时候，我从心底里感受了，
我们伟大祖国的骄傲！

适时转移了工作着重点，
避免了精力无限内耗。
多少年的"窝里斗"戛然休止，
全方位掀起了造福热潮。
十三亿双雪亮的目光，
重新又看到了奋斗的回报。
这时候，我从心底里感受了，
我们伟大祖国的骄傲！

把闭关自守的大门打开，
资金科技都争着前来报到。
陈旧的条条框框自觉告退，
发展的潮流一浪更比一浪高。
伟大的中华民族，
又向四个现代化吹起了冲锋号。
这时候，我从心底里感受了，
我们伟大祖国的骄傲！

神舟遨游在宇宙，
敢把天宫大闹。
当年称王的孙行者，
已在阶下弯腰。

二十一世纪的中国人，
天庭龙宫任逍遥。
这时候，我从心底里感受了，
我们伟大祖国的骄傲！

无情的钢冰铁雪，
企图将炎黄子孙压倒。
光的温暖消失了，
天安门的红灯却在大地上普照。
那红太阳的光辉，
永远温暖着人们的心脑。
这时候，我从心底里感受了，
我们伟大祖国的骄傲！

肆无忌惮的地魔，
疯狂地在人间喧嚣。
夺去了人的生命，
夺不了人的自豪。
大爱覆盖了大灾，
大灾将匆匆潜逃。
这时候，我从心底里感受了，
我们伟大祖国的骄傲！

曾经与犬同类，
千百年受人小瞧。

今日高擎奥运火炬，
驰骋赛场频频夺标。
天涯海角的体坛强手，
都不由地把大拇指高翘。
这时候，我从心底里感受了，
我们伟大祖国的骄傲！

六十年的沧海桑田，
六十年的风雨飘摇。
一个百废待举的弱龄孩童，
已蜕变得更加坚强、更为俊俏。
制作新世纪的人间栋梁，
他将是一尊上好的材料。
这时候，我从心底里感受了，
我们伟大祖国的骄傲！

千言万语，万语千言，
喉咙在发痒，嗓门在发笑。
这六十年的颂歌，
江河湖海都难以比较。
可以预料，年届花甲的华童，
未来将更加富强，更加美好。
这时候，我从心底里感受了，
我们伟大祖国的骄傲！

草原畅思

清晨的空气格外新鲜，
我站在辽阔的草原。
那高高飘扬的五星红旗，
深深地映入了眼帘。
那是广阔的天安门广场，
那是沧桑巨变的六十年前，
一位绝无仅有的历史巨人，
把他升在了中天。
从此，伟大的中国人民，
开始享有了改天换地的主权。

清晨的空气格外新鲜，
我站在辽阔的草原。
那雄伟的人民英雄纪念碑，
岿然屹立在六十亿人的面前。
那是先烈们筋骨的堆砌，
那是父辈们热血的凝炼。
是他们舍生的拼搏，
是他们忘我的奉献，
使一代又一代的我们，
才享有了幸福的源泉。

清晨的空气格外新鲜，
我站在辽阔的草原。

"中国人民从此站立起来了"，
那惊天动地的声音响在耳边。
一位叱咤风云的"真龙天子"，
高高地举起了锤镰，
推翻了灭绝人伦的大山，
平息了传宗接代的狼烟。
从此，血海深仇才得以回报，
长治久安才回到了人间。

清晨的空气格外新鲜，
我站在辽阔的草原。
那盘古开天辟地的神话，
迸发出生命的光源；
那四大发明的荣耀，
像种子般播撒在地面；
那孔孟之道的圣明，
是文明毓秀的标签；
那万里长城的威武，
显示了民族刚强不屈的尊严。

清晨的空气格外新鲜，
我站在辽阔的草原。
那锦绣大地飘荡着歌舞，
如画江山飞扬着诗卷；

田野喷发着五谷的清香，
机器的轰鸣响彻车间；
宇宙的天皇思忖着让位，
神舟的触角震撼着群仙；
那奥运的天文信息，
更是惊世骇俗的实践。

清晨的空气格外新鲜，
我站在辽阔的草原。

学习实践科学发展观的春风，
迫不及待地融入心田；
身不由己的天灾人祸，
争先恐后地化作尘烟。
只要有伟大的党、强大的祖国，
就抹不掉必胜的信念。
中华民族的伟大复兴，
就一定会在我们这一代实现。

灯 的 记 忆

在万籁俱寂的夜里，
当万家灯火的时序，
在合家团圆的桌上，
爷爷就拉起了话题。
望着那洁白如昼的灯海，
望着那菜肴丰盛的饭席，
在他情潮起伏的脑际，
涌起了他深沉的记忆。
小时候，爷爷的爷爷，
日出而作，日落而息。
面向黄土背朝天，
苦苦将光明寻觅。
一块粗糙的小石，
且将温暖代替，

哪怕微弱的萤火之光，
也是生活的亲密伴侣。

小时候，爷爷的爸爸，
将浑浊的麻油倒在灯盏里，
再搓一根细细的棉毛捻，
将捕获的一滴光明托起。
为了享受这滴亮光，
全家人闯东奔西，
想方设法探索着，
改变命运的真理。

小时候，爷爷走南闯北，
用滴滴煤油作动力，

点燃细细的纸屑捻，
去寻求光明的足迹。
他迈开脚步跋山涉水，
甩开膀子披荆斩棘。
一路上血溅路、汗洗身，
整整苦挣了半个世纪。

小时候，爸爸手提马灯，
开始了他新的人生之旅。
从此，阳光的蛛丝马迹，
镶嵌了他坚实的步履。
月亮露着半脸撤离，

星星溜着尾巴躲避。
一家五代人的期盼，
开始有了转机。

小时候，我就住上了新居，
专心致志地在电灯下学习。
从小学、中学、大学到留学，
崭新的知识将我武装至极。
如今，我已步入了灯的海洋，
火石，麻油已永远永远地逝去。
可以预料，用不了多久，
幸福和谐将会在一堂欢聚。

绿色的春天

春天，绿色的春天啊，
绿色的世界。
那青山脚下，
黄河岸边，
那密密的林内，
茫茫的田园，
那车水马龙的路畔，
波涛起伏的湖面，
处处都是绿色的海洋，
绿色的原野。

春天，绿色的春天啊，
绿色的世界。
那山坡上尽管荒凉，
废滩里尽管有碱，
那石缝里虽然干旱，
道路旁虽然硬坚，
而花草树木落户安家，
都一个个恐后争先。
赤橙黄绿青蓝紫，
将大地染成无边无际的彩绢。

春天，绿色的春天啊，
绿色的世界。
那山上山下，城里城外，
村中院内，地头田间，
处处都有花生花发，
花开花谢，
那桃花、梨花、杏花，
山丹花、牡丹花、迎春花，
都纷呈异彩，
把大地的美容装点。

春天，绿色的春天啊，
绿色的世界。
你与耕耘者的勤奋，
有志者的开拓，
探索者的创造，
改革者的创新，
成功者的足迹，
紧密相连。
春光一刻值千金啊，
乃是千古不朽的至理名言。

十月放歌

望着遥远的天边，
我站在美丽的草原，
凝视着祖国的东西南北，
端详着祖国的四方八面。
啊！风是这样的清哟，
月是这样的圆，
那滋润万物的太阳啊，
散发着诱人的光焰。

看啊！天安门是那样的精神焕发，
大会堂是那样的喜笑开颜，
那一片片又一片片的花海，
一股股又一股股的车流，

一篇篇又一篇篇的乐章，
一簇簇又一簇簇的声带，
都活蹦乱跳地汇成了，
一道道又一道道喜庆的风景线。

看啊，那群英荟萃的奥运体坛上，
《义勇军进行曲》响彻九天，
一颗大星，四颗小星，
金灿灿的光彩照亮了世界！
那逝去的花木兰、穆桂英、梁红玉，
那作古的关云长、张翼德、吕奉先，
都一个个扬起了眉，折弯了腰，
又一个个又一个个地渴望重返人间。

看啊，那法网恢恢疏而不漏的刑地，
一个个腐化堕落的蛀虫，
都逃不脱正义的惩罚，
遭遇了待人平等的法律之剑。
啊，事业的兴衰成败，
民族的生死存亡，
都紧紧地、紧紧地，
都维系着抉择命运的反腐倡廉。

看啊，那生龙活虎般的三军将士，
用铁甲车隆隆巡进，
以远洋舰遥遥示威，
由歼击机稳享制空权。
那睦邻友好的关系网，

正日新月异地汇编。
九百六十多万平方公里的大地上，
处处是安居乐业的幸福园。

啊，令人向往的祖国，
令人依恋的党，
东亚病夫的懦影已逝入了历史，
东方巨龙的雄姿树在了世界。
腾飞吧，亲爱的祖国，
前进吧，伟大的党，
可以想象，得来的是前进，前进，
前进！
逝去的是永远，永远，永远！

新世纪的太阳

——献给建党八十周年

似乎是那样的遥远，
似乎是那样的荒野，
似乎是一场春梦，
似乎是一个冬眠。
同是一条根系，
同是一支血脉，
为什么将我们分割，
在光明与黑暗的两边。

回想起那旧的世纪，
回想那旧的光年，
你不知躲藏到何处，
也不知在哪儿偷闲，
苦害了我们勤奋的父辈，
屈辱的祖先，
促成了他们弯曲的脊柱，
冷漠的容颜。

父辈们弯曲的脊柱，
支撑着一片片蓝天；
祖先们挺直的椎骨，
刻画着一处处家园。
为的是将伤痛与愤怒，
抛进大海，埋进深渊。
为的是将你紧紧追逐，
日复一日，年复一年。

你沉睡在礁石之中，
熬度着漫漫长夜；
你高驾于白云之上，
呼唤着报晓的春燕。
那美丽甜蜜的梦寐，
那黎明前的歌声，
正一步步一步步地成影，
一阵阵一阵阵地显现。

你踏着行进中的音符，
把春意洒向人间；
降诱惑于迷茫之中，
谱希冀于失落之前。
那一刻千金的春晓，
步履蹒跚而进。
那黎明前的黯然，
又悄悄地爬上了屋檐。

你摇动着生命的奖旗，
洒下了琼浆玉液，
将一片片碱废荒滩，
变作了无边无迹的金黄麦田。
你又掀动强劲的金风，
将整个大地吹遍，
那衰败枯萎的落叶，
都被卷进了历史的垃圾圈。

火红的党旗

——献给党的八十岁生日

微微星火，
将你每一个细胞点亮；
阵阵清风，
将你每一根毛发吹强；

滴滴热血，
将你每一个器官染赤；
丝丝细雨，
将你每一根神经润响。

八十个冬夏哟,

八十个春秋,

你挥着的镰刃威风凛凛,

举着的斧头斗志昂扬!

将攀缠在地上的祸根,

割进了地中海;

将顶在头上的顽石,

砸进了大西洋。

然而,你付出的是多么的沉重,

又是多么的高昂!

你的一闪一烁,

都是那样的鲜明;

你的一点一滴,

都是那样的滚烫!

你虽然出生入死,历尽磨难,

可最终还是如愿以偿。

偶尔,燕雀翻飞时,

会洒下几爪污秽;

老鼠过街时,

会溅上一些泥浆。

可你啊,还是那样的纯洁,

还是那样的鲜亮,

还是那样的顶天立地,

还是那样的高高飘扬!

偶尔,豺狼吞噬时,

会染上一丝疯狂;

蛆虫觅食时,

会增添一些肮脏。

而你啊,依然是那样的沉着,

依然是那样的刚强,

依然是那样的如火如荼,

依然是那样的英雄丽靓!

八十年的风雨啊,

洗涤得你脱胎换骨;

八十年的霜雪啊,

熔炼得你老当益壮;

八十年的青春啊,

为你创立了开天辟地的丰碑;

八十年的岁月啊,

为你铸造了惊世骇俗的辉煌!

你是一盏灯

——献给人民教师

你是一盏灯，
是一盏最有光明的灯。
每日从白天到黑夜，
从清晨到黄昏，
都燃烧着自己，
照亮了别人。
为的是啊，
塑造人类的灵魂。
你是一盏灯，
是一盏最有理想的灯。
世界上千姿百态的生活，
都由你设计；
普天下万紫千红的幸福，
都是你建成。
你用你的心血与汗水，
修筑了一个又一个的人才工程。

你是一盏灯，
是一盏最有知识的灯。
那初涉人世的婴儿，
需要你来启蒙；
那博学多才的志士，
由你引荐入门。
你几乎无所不知，无所不晓，
饱览了宇宙间的地理天文。
你是一盏灯，
是一盏最有希望的灯。
中华五千年的文明史册，
你一个字一个字地缀入；
铺向共产主义的金光大道，
你一分分、一寸寸地筑成。
可以想象，未来的世界哟，
将照常是你的心血与汗水的结晶。

早晨的太阳

——献给"五四"青年节

沉暗的大地刚刚苏醒，
懦弱的病夫渐渐称雄，
任凭风险浪激，
哪顾虎狼成群，
你拨开层层迷雾，
驱散团团乌云，
你从遥远的地平线上喷薄而出，
使世间万物获得了光明。

曾几何时，
你被天真的愚昧束缚，
也被传统的封建朦胧；
曾几何时，
你被顽固的黑暗封锁，
还被荒唐的迷信欺哄。
它的受阻只是短暂的一瞬。
你那旺盛的生命力啊，
将会冲破地狱十八层。

你的精神如火一般旺，
你的心灵似水一样纯，
你的意志如金一般坚，
你的品格似松一样青。
你高举历史前进的大旗，
将茫茫的世界染红；
你喷射耀眼的万道霞光，
将社会发展的车轮推动。

前进吧，民族的希望，
奋斗吧，未来的象征，
前进吧，祖国的栋梁，
奋斗吧，时代的先锋！
你日日夜夜地消耗着自己，
你时时刻刻地照亮了别人。
为了普天下美好的明天，
请奉献你那火红的青春。

你好，千禧之年

赏不完的月明风静啊，
制不住的物换星移，
观不尽的流光溢彩啊，
继不断的扬眉吐气！
我们勤劳的炎黄子孙啊，
我们善良的中华儿女，
今日啊，昂首阔步地迎来了，
迎来了千年之禧。

千年之禧，你好！
你好，千年之禧！
你给我们加足了奋发向上的力量！
你给我们增添了一往无前的勇气！
你给我们展示了五彩缤纷的画图！
你给我们提供了开拓创新的机遇！
你给我们构思了梦寐以求的憧憬！
你给我们绘制了日思夜想的希冀！

热烈欢迎你，千年之禧，
热烈祝贺你，千年之禧，
我们为你谱写了一支支又一支支新歌！
我们为你准备了一份份又一份份厚礼！
我们为你斟满了一杯杯又一杯杯美酒！
我们为你缝制了一件件又一件件彩衣！
我们为你擂响了一声声又一声声战鼓！
我们为你铺就了一条条又一条条路基！

扬帆远航吧，千年之禧！
展翅腾飞吧，千年之禧！
你一定会迈入一个新的里程，
你一定会跃上一个新的阶梯！
你一定会奏响一个新的乐章，
你一定会理顺一个新的秩序！
你一定会营造一个新的氛围，
你一定会开辟一个新的世纪！

46

红五月献歌

那一卷卷波澜，
掀开了历史的篇章；
那一阵阵号角，
吹醒了沉闷的东方；
那一丛丛鼓点，
敲开了真理的宝藏；
那一声声惊雷，
唤出了钢锤的锋芒。

你不甘愚昧了，
要寻求智慧的曙光；
你不肯屈辱了，
要力争脑海的解放；
你不愿落伍了，
要站在时代的前方；
你不能坐视了，
要投身拼搏的战场。

你紧紧挽着无可计数的镰刃，
拥着青春焕发的希望；
循着光彩夺目的思绪，
系着冉冉升起的太阳；
将千丝万缕的枷锁挣脱，
将年积月累的污垢涤荡；
将至高无上的法座掀翻，
将普度众生的真理播放。

啊，你善于拆除旧的条律，
你也善于搭建新的天堂；
你把假丑恶砸得落花流水，
你把真善美描得蒸蒸日上；
你是开路搭桥的先锋，
你是惊世骇俗的脊梁，
一个红彤彤的世界哟，
正由你精心开创。

新年序曲

世事沧桑，我们度过了道道难关，
斗转星移，我们战胜了种种艰险。
于是，我们唱着凯歌，捧着捷报，
满面春风地跨进了一九九九年。

一九九九年，我们的事业红红火火，
一九九九年，我们的喜讯累牍连篇。
一九九九年，我们的希望将获得丰收，
一九九九年，我们的企盼会全部实现。

迎春曲

啊！朋友，当你迈入热气腾腾的车间，
暖融融的春风浴身扑面。
蒸蒸日上的旺气随处弥漫，
勃勃生机在喷涌倾泻。

啊！朋友，当你坐在敦敦实实的农
家炕头，
油香肉美的气味会立刻撞上你的鼻尖。
五谷的丰盈，六畜的兴旺……
都争先恐后地跃入眼帘。

啊！朋友，当你目击硝烟滚滚的军
营靶场
钢铁战士的声威会拨动你的心弦。

无坚不摧的英勇和拼搏向母亲作出
保证，
请不必担忧祖国的领土与主权！

啊！朋友，当你望断卫星涤散的尘烟，
你的思绪会立刻飞上九天。
玉皇、王母、嫦娥、吴刚，请让位吧，
这儿将是我们新的世界！

啊！朋友，当你跨越逶迤磅礴的崇
山峻岭，
绘入你脑中的图像是百花争艳。
采不尽的宝藏挖不完的特产，
俱争分夺秒地默默奉献！

啊！朋友，当你游渡汹涌澎湃的江河湖海，
翻滚的波涛将把你推上风口浪尖。
任凭风浪横翻竖滚，
不落的帆船一往无前。

啊！朋友，当你进入辉煌灿烂的新的一年，
理想与希冀也许已让你触到了边缘。
放开手脚奋斗吧，
迎接我们的将是又一个明媚的春天！

归来吧，澳门

四百余年的岁月风雨飘摇，
侵略行盗的骗子们切齿狞笑。
殖民者的统治由此发端，
善良的同胞在水深火热中煎熬。

倔强的炎黄子孙忍受不了耻辱，
纷纷奋起驱走强盗。
推翻了三座大山获得了解放，
曾是"病夫"的中华儿女也挺直了身腰。

如今咱中国人民站起来了，
扬眉吐气神威志高。
辽阔的中华大地春风浩荡，
到处充满了幸福的欢笑。

日益强大起来的祖国哟，
逐年富裕起来的人民，
怎能忘记你呀——澳门，
我们的骨肉同胞！

我们敬爱的总设计师哟，
为澳门的归来铺路搭桥。
一国两制妙策巧解历史疑难，
真是看得远来站得高。

弹起那琵琶哟唱起那歌谣，
举国都企盼那团圆的时刻来到。
请快快归来吧，澳门，
快快地拥入母亲的怀抱！

时　光

你为什么如此多情
又为什么这样偏心
你为什么如此曲折
又为什么这样分明

你虽然是大海中的一粟
长河中的一瞬
可在时间的征途上
却留下了难以忘却的忆念
不可磨灭的皱纹

你在地上铺满了荆棘
你在天空撒满了乌云
日月因此而昏暗
星辰因此而失明

车间里献出了落后
田垄中长出了贫穷
柜台上输出了虚假
课堂内产出了愚蠢

阳光下现出了黑暗
经典中孵出了谬论
甜蜜中孕育了苦涩

安乐中蕴藏了灾情

幸福中包含了祸难
喜悦中郁积了悲愤……
此时此刻
你将我们带到了绝境

春雷震荡
雨过天晴
你告别了陈旧
迎来了崭新

豆箕豆粒不煎
鹬蚌不争
穷窝中涌出了富裕
愚昧中迸出了先进
寒冷中放出了温暖
黑暗中射出了光明……

尽管山头有虎
海面有礁
可你的来日方长
前程似锦

新春诗笺

迈出鑫龙的梦乡，
掀开银蛇的纱帐，
新春时节火红的太阳，
昂首阔步在地平线上。

满面的笑容飘洒，
不尽的流彩溢光，
洒下了祥和的幸福，
播入了火热的希望。

看啊，那一副副鲜红的对联，
贴挂在一个个喜悦的城镇村庄；
那诚挚的庆贺、祝福，
洋溢在欢乐的大街小巷。

听啊，那一声声活蹦乱跳的喜炮，
弹奏着奋发进取的乐章；
那悠扬动听的音符，
激励着深深潜在的力量。

瞧，那些刚刚复苏的憧憬，
徐徐显现着清晰的绣像；
这绣像也是美好的梦寐，
又是日夜的向往。

它是写不完的美好，
说不尽的漂亮。
它将展开远走高飞的翅膀，
迸发出无穷无尽的热量。

花草树木尽情地化妆，
江河湖海尽情地歌唱，
山峦平原尽情地舞蹈，
大雁喜鹊尽情地飞翔。

啊，这个世界上，
处处都有春姑娘，
处处都有新景象，
处处都沐浴着"三个代表"的思想。

致共和国卫士

你曾经降伏了魑魅魍魉　　　　　　今天，你守护在纯净的乐土
又屡次战胜了虎豹豺狼　　　　　　拼搏在人的海洋
千难万险，都屈服于你的手下　　　不知为什么
万水千山，都印烙在你的脚掌　　　仿佛老虎变成了绵羊
你的化身是美　　　　　　　　　　哦，我终于明白了
你的形象是钢　　　　　　　　　　你的根系深深地繁衍在土壤……

春天来到了

——西部大开发有感

进军般的号角在鸣，　　　　　　春天，飞遍高原的犄角旮旯，
冲锋般的鼓点在敲。　　　　　　春天，飞遍大漠的山川沟壑，
小燕子轻轻呢喃，　　　　　　　春天，撞击着旧时代的贫穷落后，
黄莺儿频频欢笑，　　　　　　　春天，融化着新世纪的时髦新潮。
啊，春天来到了！

春天来到了！　　　　　　　　　那漫无边际的戈壁荒滩，
春天，来自天安门，　　　　　　每一个沙粒都在欢呼雀跃。
春天，来自长安道，　　　　　　是啊！埋没了多少个日日夜夜，
春天，连着中南海，　　　　　　埋没了多少个夕夕朝朝！
春天，系着金水桥！

　　　　　　　　　　　　　　　是啊！经历了多少个时时代代，

经历了多少个拂拂晓晓！
今天啊！终于被唤起来了，
今天啊！终于可以舒一舒臂膀了！

那风沙漫漫的黄土高原，
每一根神经都在飞舞蹦跳。
是啊！埋没了多少酸甜苦辣，
埋没了多少忧愁烦恼！

是啊！经历了多少尊卑屈辱，
经历了多少富贵荣耀！
今天啊！该是一展风采的时候了！
今天啊！该是大显身手的时候了！

那一座座素不遮羞的荒山秃岭，
仿佛处处都有群花百鸟。
是啊！埋没了多少富丽堂皇，

埋没了多少青春美妙！

是啊！经历了多少梳妆剪裁，
经历了多少洗理画描！
今天啊！该是装饰一新的时候了！
今天啊！该是再展宏图的时候了！

中南海的蓝图染绿大地，
天安门的号令飞出云霄，
总书记的心机连起纽带，
设计师的汗滴铺成金桥！

啊！我们的西部大开发哟！
你又一次地向全人类庄严宣告：
春天来到了！
春天又一次地来到了！

老大哥颂

光辉灿烂的途程，
是你开拓，你是先锋；
富丽堂皇的大厦，
你是砥柱，是你支撑！

不堪回首的年月，

是你埋没，你是救星；
充满希冀的未来，
你是号角，是你牵引！

你有艰难困苦的履历，
也有酸甜苦辣的年轮，

你有不屈不挠的脾气，　　　　　也有改天换地的本领；

也有无坚不摧的性情！　　　　　前进吧！老大哥，

　　　　　　　　　　　　　　　高举锤镰，

你有可歌可泣的业绩，　　　　　等待我们的将是赤旗的乾坤！

麦收图

是能工巧匠　　　　　　　　　　一弯弯明月左右撕拼

着意为大地的脸上贴金　　　　　一粒粒珍珠绣为花簇

还是书师画家　　　　　　　　　一片片心意凝成激情

诚心绘制母亲的新容

　　　　　　　　　　　　　　　白云揩汗，遮天遮荫

啊，纵观千里万里　　　　　　　牵着太阳，撵着星星

放眼万顷千顷　　　　　　　　　绿海里拼搏，黄河中游泳

那海海漫漫的土默川呀　　　　　一曲富民丰收调

橘黄色的麦浪澎湃汹涌　　　　　洋洋洒洒飞北京

看哟，一双双巨手劈风斩浪

焦裕禄之歌（一）

　　　　　　　　　　　　　　　头顶蔚蓝青天，

（一）　　　　　　　　　我俯下身子，

　　　　　　　　　　　　　　　根治这贫瘠的沙原。

脚踏兰考大地，　　　　　　　　要让它奉献富足的粮谷，

充足的金钱，
要使它成为致富的风水宝地，
人民的幸福家园。
因为啊，
因为我是党的志愿者，
祖国的派遣者，
人民的勤务员。

（二）

脚踏兰考大地，
头顶蔚蓝青天，
我挺起腰板，
走村串户调研。
要让村村都换新貌，
家家都住砖房瓦舍，
户户都告别饥寒，
人人都身强体健。
因为啊，

因为我是党的志愿者，
祖国的派遣者，
人民的勤务员。

（三）

脚踏兰考大地，
头顶蔚蓝青天，
我下定恒心，
要作出毕生的奉献。
党哺育了我精神食粮，
祖国赋予了我崇高使命，
如果我再不作为，
就无法向人民交出答卷。
因为啊，
因为我是党的志愿者，
祖国的派遣者，
人民的勤务员。

焦裕禄之歌（二）

（一）

你是党的先锋，

你是祖国的忠臣，
你是人类的灵魂，
你是人民的化身。
你用心血和汗水，

浇灌着兰考的沙丘，
孕育着兰考的富裕，
洗涤着兰考的贫穷。

（二）

你是党的先锋，
你是祖国的忠臣，
你是人类的灵魂，
你是人民的化身。
你用慈善与忠诚，
消除着人民的饥寒，
吞噬着人民的困苦，
融化着人民的艰辛。

（三）

你是党的先锋，

你是祖国的忠臣，
你是人类的灵魂，
你是人民的化身。
你用坚强与廉洁，
培育着人民的斗志，
充实着人民的力量，
灌输着人民的精神。

（四）

你是党的先锋，
你是祖国的忠臣，
你是人类的灵魂，
你是人民的化身。
你用宝贵的生命，
树起了一面顶天立地的红旗，
指引着中华儿女前进，
永远前进、前进、前进进！

"三苏园"放歌

我站在遥远的边疆
一颗明星眺进眼眶
是视力模糊
还是神经紊乱
不，他确确实实是一颗明星

是那样的灿烂辉煌
他时时都熠熠生辉
时时都闪闪发光

我站在遥远的边疆

对明星仔细端详

别看他小

却包容着一层又一层绿海

别看他老

却施放着一茬又一茬金浪

别瞧不起他呀

他是东亚神州的米粮之仓

我站在遥远的边疆

把明星仔细打量

他有数不清的琼楼

数不清的街巷

也有滔滔车流

滚滚人浪

一些"流通""搞活""繁荣"的时

髦字眼

已在这里不香

我站在遥远的边疆

对明星仔细端详

这里有公仆的楷模

民生的方向

也有做人的准则

做事的形象

这里的人文地理、山水田林

是别开生面的舒畅

我站在遥远的边疆

把明星仔细打量

别看他小

他有一江春水似的诗歌

别看他老

他有松柏常青样的篇章

正是这些不朽的词语

把"三苏园"装饰得更加美丽、漂亮

我站在遥远的边疆

一颗明星铸在我的眼眶

这颗明星啊

发着取之不尽的热

这颗明星啊

放着用之不竭的光

这颗明星啊

将永远闪耀在世界东方

我看到了一座丰碑

——献给包头市文联五十华诞

茫茫的大草原上
飞来一头小鹿
它幼稚地奔跑
活泼地徘徊

安营扎寨后
它已五十次长鸣
而每一次的鼓与呼
都在人世间树起了一座碑

大炒大作的岁月
几面旌旗闪耀着光辉
飞沙走石的尘雾中
我看到了一座碑

装扮他的有花草树木、五谷杂粮
锄镰、军号、铁锤
涂抹恢宏的序幕
是一些赤橙相杂的清淡墨水

是非混淆的潮流
冲破了万物的真伪

人妖颠倒的嚣声中
我看到了一座碑

他时时不偏不倚
日日不言不语
只是用椽一样的笔、金一般的墨
去捕捉那些生活中的精髓

拨乱反正的时日
真理已渐渐归位
再度重现的曙光中
我看到了一座碑

他雕梁画栋，涂龙抹凤
浓墨重彩描绘着鹿城的山水
此时此刻
他已被辉煌的人生陶醉

骤然袭来的风波
将明亮的天空搅晦
在去往南北东西的迷网中
我看到了一座碑

他指针坚定，昂首挺胸
在金色大道上步履如飞
一步一个脚印，一步一朵彩花
步步都是百炼千锤

百余年的耻辱终遭抛弃
人格与尊严双双回归
空前绝后的欢庆声中
我看到了一座碑

是那样的五彩斑斓
那样的可口美味
赋予了亿万人的精神振奋
信心百倍

弹指间，共和国的六十华诞
将失去的时光唤回

应接不暇的节目单中
我看到了一座丰碑

青山脚下，黄河之滨
无边际的图案画一般的美
万紫千红的永恒墨迹
将在历史的长河中永垂

漫漫的大草原上
挺立着一座丰碑
它兴奋地舞蹈、咏唱
一次又一次地被陶醉

不知不觉中
它已五十次放歌
而每一次的词与曲
都在天宇中树起了一座丰碑

花朵颂

世界上什么最引人赞美，
世界上什么最惹人喜爱，
世界上什么最令人留恋，
世界上什么最使人崇拜？

啊！你尽管没有旷世的业绩，

也没有英雄的豪迈，
你尽管稚嫩、纯洁、弱不禁风，
却是我心目中最理想的品牌。

啊！我赞美花朵，
是因为花朵始终能洁身自好；

我喜爱花朵，
是因为花朵一直能不染尘埃。

我留恋花朵，
是因为花朵时刻能芳香诱人；
我崇拜花朵，
是因为花朵经常能笑口常开。

啊！我赞美花朵，
是因为花朵有美好的时代；
我喜爱花朵，
是因为花朵有幸福的未来；

我留恋花朵，

是因为花朵有孜孜以求的精神；
我崇拜花朵，
是因为花朵有天天向上的气派！

啊！祖国的花朵，
你肩负着民族的希望；
啊！人民的花朵，
你象征着世界的未来！

不要说此时此刻一无所知，
不要说此时此刻"一穷二白"，
我坚信，等候和迎接你的，
必将是一个伟大的时代！

献给"三八"红旗手

我反复挑选着西施的玩具
仔细打量着貂蝉的新衣
我努力品味着昭君的喜好
认真斟酌着贵妃的兴趣

我凝神端详着博物馆的珠宝
注目欣赏着故宫园的玉器……
我想，这些到手了

你一定会高兴
也一定会满意

然而，事实却否决了我的判断
证实了我的推理
你所崇尚的是理想、事业
你所追求的是黄金、红旗

老党员

四十年前硝烟弥漫　　　　四十年后阳光灿烂

你踏遍了万水千山　　　　你又为自由幸福的大厦加瓦添砖

紧紧握在手中的是老"汉阳造"　　指缝间将血汗与精力奉献

搂在怀里的是《论持久战》　　皱纹里把期望与寄托蕴含

花草树木上，江河湖海里　　人们说，你要用全身的每一个细胞

滴遍了血，洒遍了汗　　　　为子孙后代做好示范，交好班

交　粮

一辆辆钢的铁的木制的车　　拉满了硕果

超载负重，风驰电掣　　　　声嘶力竭地奉献着

洋溢着喜悦　　　　　　　　衷心的意念

迸发着欢乐　　　　　　　　柔情的肝火

装满了汗水

老书记的履历

深入基层

乌云在空中翻滚
棍棒在世上横行
你不避邪恶的枪林弹雨
来塞外问苦访贫

从泥土中汲取营养
从沙漠里提炼纯金
——那漫长而短暂的岁月呀
得到了建造初级阶梯的本领

一双球鞋

草绿色的本色
坚韧的性情
把千里林涛踢碎
把万顷沙浪踏平

装着探索的志气
载着变革的精神
在横贯古今的敕勒川上
打下了艰苦创业的烙印

建扬水站

无边无际的原野
拉着干焦哭丧的脸
年复一年，月复一月
渴望着维系命脉的甘泉

你握着饥寒的威胁
攥着温饱的尊严
用九曲十八弯的黄河
把土默川染成绿的世界

希望之光

跨越重重迷团　　　　　　那无边无际的天空中
冲破层层雾障　　　　　　又有了久盼的音符在飞翔
你终于又
屹立在神圣的东方　　　　不是吗
　　　　　　　　　　　　前辈的墨迹重现
不是吗　　　　　　　　　后来的呼声更强
飘叶找到了根系　　　　　那洒满先烈血汗的大地上
游鱼投入了海洋　　　　　又塑起了一个崇高的形象

雷锋，你好

二十七个寒来暑往　　　　今天，蓝天恢复了纯洁
二十七次月圆花好　　　　绿地孕育了幼苗
二十七个春夏秋冬　　　　明月显示了秀美
二十七次风雨飘摇　　　　骄阳露出了欢笑

我不知做过多少次等待　　啊，你一个伟大的灵魂
也不知做过多少次寻找　　终于又回来了
我一直追求那人生的真谛　我们放开嗓门齐声呼唤
也一直在寻找那向往的目标　雷锋，你好

现代青年

城楼上树起了红旗　　　　　艰难曲折不识你的面目
天际处露出了晨曦　　　　　苦辣酸辛没见你的意气
你迎着歌声挣脱母胎　　　　你急需要跌打锤炼
怀着喜悦呱呱坠地　　　　　更需要锄云犁雨

温室养就了你的脆弱　　　　去吧，沸腾的车间等着你
香花孕育了你的心脾　　　　去吧，多彩的地头盼着你
你只知道美满幸福　　　　　那激烈的拼搏，火热的生活
只懂得安乐容易　　　　　　是你大显身手的用武之地

交警赞歌

在字典里，　　　　　　　　烈日炎炎，
我曾查阅过所有的言语；　　你拼搏在顶天立地的烘炉里，
在辞海里，　　　　　　　　将滚烫的车流节节泄去；
我曾拜读过所有的词句。　　寒风凛冽，
　　　　　　　　　　　　　你战斗在钢打铁铸的冰雪里，
我总觉得，　　　　　　　　把汹涌澎湃的车海分离。
不知该用什么样的主题，　　这一刻，在千家万户，
也不知该用什么样的比喻，　和谐与幸福争先恐后地相聚。
将你作恰如其分地赞誉。

64

也许，你浑身上下是钢筋铁骨，
不，你是一个非常平凡的血肉之躯；
也许，你的肺腑里没有恩爱情节，
不，你是一个贤妻良母的亲密伴侣。
保障祖国条条动脉根根神经的畅通无阻，
是你毕生追求的崇高志趣。
只要千家万户团圆的灯火天天在闪耀，
你的心里就像凯旋的甜蜜。

包头交警队歌 （一）

我们是包头人民的交警，
日夜守护着祖国的神经。
钢城人民为衣食父母，
鹿苑群众是甘苦乡亲。
和谐大道日日在开创，
幸福坦途天天去践行。
那痛苦和悲伤逐日消逝，
团圆与欢乐阔步前进。

我们是包头人民的交警，
日夜守护着祖国的神经。
动脉里流淌着钢水奶水河水，
心海中装载着便民利民惠民。

红绿灯下清清白白办事，
指挥台上堂堂正正做人。
从不计较恩怨得失进退，
更不追求褒扬利禄功名。

我们是包头人民的交警，
日夜守护着祖国的神经。
中南海电波将干劲鼓足，
天安门城楼把方向指引。
披星戴月挥洒着热汗，
废寝忘食奉献着爱心。
为了万家灯火的延续，
我们要永远战斗在岗亭。

包头交警队歌 （二）

我们战斗在祖国的前锋，
拼搏在北疆的钢城。
烈日锤炼了钢铁意志，
寒风染红了赤胆忠心。
凭降魔伏虎的坚韧毅力，
靠顶天立地的顽强精神，
用心血把钢城的神经振兴，
凭汗水将祖国的动脉贯通。

我们战斗在祖国的前锋，
拼搏在北疆的钢城。
战场是四通八达的道路，
阵地是傲然屹立的岗亭。

举掌欢送领命出征的面庞，
挥手喜迎平安凯旋的笑容。
在冰雪上度过珍贵的人生，
在风雨中奉献美丽的青春。

我们战斗在祖国的前锋，
拼搏在北疆的钢城。
脑海中溶的是立警为公，
心底里装的是执法为民。
时时想着安全、服务、畅通，
处处为着便民、利民、惠民。
啊，当一名合格的包头交警，
是我至高无上的光荣。

包头交警队歌 （三）

岁月虽流逝，
人生更精彩。
战场是岗亭，
拼搏在车海。
手挥畅通至，

汗洒平安来。
国徽当头照，
为民奉献爱。
冷风穿扎刺，
烈日烧烤晒。

寒流滚滚袭，　　　　　　人峰颜尽开。

热浪汹汹宰。　　　　　　有我站岗亭，

　　　　　　　　　　　　幸福存万载。

车潮笑着过，

包头交警队歌（四）

烈日炎炎，　　　　　　　寒风漫漫，

热浪滚滚。　　　　　　　冰雪重重。

我用沸腾的汗水，　　　　我用滚烫的心血，

把鹿苑的平安大道延伸，　把团圆送给每一个人，

将钢城的幸福坦途贯通。　将欢乐输入每一个家庭。

让街巷欢笑，　　　　　　让人民幸福，

让社区靓丽，　　　　　　让社会和谐，

让城市繁荣。　　　　　　让祖国安宁。

包头交警队歌（五）

哪怕骨肉分离，　　　　　愿车海的欢笑声，

即使云遮雾迷。　　　　　响彻千里万里。

在茫茫车海中，

我永远顶天立地。　　　　哪怕风雨洗涤，

要使血泪绝迹，　　　　　即使冰雪封闭。

要让团圆欢聚。　　　　　在滚滚车流中，

67

我永远顶天立地。、

人民利益至上，

祖国尊严无比。

愿车流的歌曲声，

响彻南北东西。

哪怕功名无缘，

即使利禄全弃。

在滔滔车潮中，

我永远顶天立地。

要叫和谐永存，

要让幸福延续。

愿车潮的报捷声，

传遍人间寰宇。

包头交警队歌（六）

双手挥动，

千军万马涌。

左手创平安，

右手保畅通。

心血融和谐，

汗水润民生。

国徽当空照，

包头交警雄。

寒风洗身，

烈日烤面容。

爬冰卧雪练，

餐风饮雨行。

事业系道路，

家园在岗亭。

披星戴月站，

包头交警雄。

车流人浪，

排山倒海滚。

舍家弃安乐，

日夜都摆平。

国泰民安时，

万家灯火明。

千难万险退，

包头交警雄。

包头交警队歌（七）

车流滚滚，
人浪滔滔。
岗亭是我家，
经常来站哨。
寒风穿刺，
烈日烧烤。
冰雪可解渴，
风雨能洗澡。

车流滚滚，
人浪滔滔。
道路是我家，
汗水来清扫。

欢乐铺洒，
血泪潜逃。
万家灯火亮，
人间无烦恼。

车流滚滚，
人浪滔滔。
警营是我家，
悲欢离合扰。
人民有心，
国徽高照。
功名利禄淡，
永远不迷道。

包头交警队歌（八）

包头交警斗志高，
千辛万苦难不倒。
不畏寒风刺，
何惧烈日烤。
冰封解饥渴，

雷打不动摇。
站岗顶天地，
执勤灾祸消。

包头交警斗志高，

千辛万苦难不倒。
左手挥起时，
"畅通"及时到。
右手动起来，
"团圆"按时到。
双手来指挥，
"幸福"早日到。

包头交警斗志高，
千辛万苦难不倒。
祖国在心中，
金徽当头照。
云遮不转向，
雾挡不迷道，
生离死别不变色，
苦累缠身乐陶陶。

包头交警队歌（九）

包头交警有志气，
敢教钢城换天地。
金色国徽头顶照，
千军万马遵法纪。
立警为公执法为民，
民生时时心中记。
便民利民惠民富民，
天塌地陷志不移。

包头交警有志气，
敢教钢城换天地。
数九日餐冰饮雪，
数伏时吞风沐雨。

眼巡道四面八方，
脚站岗顶天立地。
锻成了钢筋铁骨，
炼就了万能肌体。

包头交警有志气，
敢教钢城换天地。
把每根神经激活，
将每条动脉开启。
让和谐大道畅通，
叫幸福坦途崛起。
愿所有父老乡亲，
永远同幸福相伴相依。

包头交警队歌 （十）

人流滔滔，
车浪滚滚。
伴奏着鹿城的欢笑声，
我战斗在平凡的岗亭。
心血滋润了平安，
汗水激活了畅通。
风雨美化人生，
冰雪扮靓青春。

人流滔滔，
车浪滚滚。
相随着钢城的歌唱声，
我拼搏在伟大的岗亭。
严寒锤炼了倔强，
酷暑锻铸了坚韧。
闪光金徽高照，
幸福将成永恒。

我们用上了自己的品牌

他静静地平躺下来，
嘴巴不由自主地笑开。
这老伴健康理疗床啊，
使得他浑身热血沸腾，
心潮澎湃。
猛然间，皱纹悄悄逝去，
银须暗暗潜藏，
死神默默称败。
这一刻啊，
我们用上了中国的品牌！

她叨叨不休地入睡，
歌儿情不自禁地飞出口外。
这老伴健康理疗床啊，
使得她全身忘记过去，
一心面向未来。
猛然间，泪水自觉收敛，
病魔徐徐逃遁，
满脸尽放光彩。
这一刻啊，
我们用上了民族的品牌！

他披着晨曦脱出被窝，
一丝不苟地挺立讲台。
这老伴健康理疗床啊，
逼得他语若悬河，
心直口快。
猛然间，知识频繁倾吐，
科技快捷传递，
健康将一切主宰。
这一刻啊，
我们用上了自己的品牌！

她依时按候地进来，
把家中一切的一切抛开。
这老伴健康理疗床啊，
促使她"亲"字当头，
"孝"口常开。
猛然间，不厌其烦的讲授，
不遗余力的辅导，
将幸福的种子撒开。
这一刻啊，
我们用上了中国的品牌！

歌声如百鸟齐鸣的清脆，
歌喉像闸门一样地放开。
这老伴健康理疗床啊，
使歌曲如行云流水，
歌声似江河湖海。
猛然间，烦恼一溜烟消散，
疲劳一霎时绝迹，
欢乐愉悦将其取代。
这一刻啊，
我们用上了民族的品牌！

舞姿是如此的秀美，
舞步是这样的欢快。
这老伴健康理疗床啊，
扶持咱把疾病消除掉，
把秧歌扭起来。
猛然间，长命百岁的寿辰，
伴随着香甜的生日蛋糕，
昂首阔步而凯。
这一刻啊，
我们用上了自己的品牌！

乘务员赞歌

无论是烈日炎炎的盛夏，
或是寒风凛冽的严冬；
无论是甜蜜梦中的拂晓，
或是夜临人静的黄昏；
无论是人间共享的天伦之乐，
或是欢度佳节的酒绿灯红，
她们都整天坚守在极不显眼的岗位上，
忙碌在车厢的小天地中。

车厢是她们日思夜想的家庭，
旅客是她们朝夕相伴的亲人，
站牌是她们勇往直前的航标，
道路是她们相亲相爱的旅程。
服务是她们时刻履行的职责，
清贫是她们无可避免的缘分，
索取是她们忘却脑后的负担，
奉献是她们天经地义的本能。

行色匆匆的征途上，
每天都录下她们的身影；
市面繁华的天地里，
随时都焕发她们的盛情；
那一个个遥远的乡村城市，
都分布着她们素不相识的友朋；
那一条条光滑的柏油马路，
都缀满了她们如火如荼的青春。

她们仿佛是搏击风浪的海燕，
她们似乎是战胜艰险的雄鹰，
她们是平凡中孕育着的伟大，
她们是滑坡时振作起的精神，
前进吧，迎候你们的是崭新的世纪，
等待你们的是又一次长征，
奋斗吧，挑战你们的是世俗与偏见，
报效你们的是胜利和成功！

写对联

一湖醇香的汗水
一湖火热的心
一湖千锤百炼的话语
一湖缠缠绵绵的情

三百六十五日的积蓄
十二个月的聚凝
策略、信息
技术、艰辛……
在这儿汇合
在此刻结晶

一方郁郁葱葱的田园
一方无可比拟的欢欣
一方锤炼已久的心血
一方日夜推敲的歌吟
在这小园内激烈地竞争

这片小小的田园
是聪明才智的用武之地
它们可以尽情地在这里开拓
尽情地在这里耕耘
用那理想的犁铧
在这儿播下民主、富裕、文明

党旗在咱心中飘

党旗在咱心中飘
咱浑身的热血在欢笑。
信念催促着坚实的步履,
步履下踏出一个又一个的奇妙。

血染的风采映天地,

钢铸的精神冲云霄。
看啊,一粒粒种子在沃土里生根,
一代代青春在奉献中燃烧。

党旗在咱心中飘,
咱青春的火花在闪耀。

祖国是母亲一样的可爱，
江山是锦绣般的多娇。

啊，五星与锤镰构筑的党旗，

你是一座不朽的丰碑，
你是一座不灭的灯塔，
你是中华民族永恒的骄傲。

光

厚厚而厚厚的云
穿过了一层层又一层层
包着五光
蘸着十色
绘了又绘
染了又染
一朵朵，一片片
都成了蓝天的衣裙

越过了无边无际的大洋
跨过了耸入云天的山峰
不需要路
不需要桥
用不着线
用不着针
是意想不到的快捷
意想不到的入门

重重而重重的雾
被驱赶得四散逃奔
南行的
北往的
东流的
西散的
一团团又一团团
都演化成了细雨清风

在交岔处
在彷徨间
送来了航标
送来了路灯
送来了希冀
送来了前程
最终送来了
新的人生

献给责任编辑

写一首小诗

献给尊敬的责任编辑

吐出多年来积蓄的万千思绪

为了让报刊用铅字印出我的诗句

创作搞得我心魂飘逸

神志迷离

在漫漫的长夜中追求晨曦

像在茫茫沙漠中搜寻翠绿

每一次发表

无不受到编辑的激励

你

这辛勤耕耘的责任编辑

我发现雪花已飘落你的发际

困 惑

——《寡妇村》浅见

我们是东亚的雄鹰

也是黄帝的子孙

我们是崛起来的富裕

也是滋长中的文明

我们是人生的骄傲

也是世俗的先行

我们必须正义凛然地吟哦

也必须堂而皇之地朗诵

我们应当义无反顾地培植

也应当不打折扣地肯定

我们能够轻松愉快地上浮

也能够乘风破浪地前进

然而，面对愚昧无知的形象

目睹粗犷俗野的灵魂

我的心田又一次地失望了

一个个叹号问号不由自主地产生

艺坛的大师，影视的明星

如此的牵强附会，矫揉造作

是施舍了心灵中的财富　　　　　还是脑海中的千钧

母亲，您向哪里走

实践朝着我们凝目　　　　　　　面迎五光十色、万紫千红的壮锦
历史向着我们招手　　　　　　　母亲啊，不知您向哪里走
今天，在临近不惑之年的时候
母亲，您又到了一个重要的转折关头　　理智催促我探索
　　　　　　　　　　　　　　　热情启发我追求
脚下的路一条又一条
眼前的船一艘又一艘　　　　　　啊，母亲，在这新旧交替的十字路口
　　　　　　　　　　　　　　　您的脚步千万不可停留

元宵彩车

风浪中飘去　　　　　　　　　　以及春的温馨，夏的爽朗
人海里飘来　　　　　　　　　　秋的甜美，冬的风采
飘得是那样的轻松　　　　　　　一堆堆，一束束
那样的欢快　　　　　　　　　　一股股，一道道
　　　　　　　　　　　　　　　一切的一切哟
向往中的五谷丰登，六畜兴旺　　都在车上装载
企盼中的雨顺风调，民安国泰

老教师

风雨刻划了皱纹，
岁月染白了双鬓，
教室收纳了志趣，
讲台塑就了个性。

三十年来，
心血浇铸了一批批栋梁，
脑汁燃亮了一个个明灯，

汗水润红了一朵朵鲜花，
胆液哺育了一只只雄鹰……

你，用什么形容，比喻呢？
啊！你是一支无名的蜡烛，
——消耗了自己，
赋予了别人。

新年三祝

我站在辽阔的草原
撕下纯洁的白云一片
敞开抑制不住的激情
书写着心灵深处的祝愿

一祝可爱的祖国日新月异
在漫长的征途上快马加鞭
越过激流险滩，踏平惊涛骇浪
让历史的车轮滚滚向前

二祝勤劳的人民丰衣足食
在治穷致富的同时莫忘节俭
坚持我先祖先烈的传统美德
携手建设文明富裕的乐园

三祝各级干部风貌一新
在掌权用权时注意为官清廉
身正行端不令而行
人民的干部永远是人民的勤务员

春雷、彩虹、战鼓、天宫

——学习江总书记"七一"讲话有感

我仿佛听到了春雷，

一声声，一阵阵，

又一声声，又一阵阵。

是那样的悦耳，

又是那样的动听，

是那样的入情入理，

又是啊，那样的惊世骇俗，

那样的惊天地，泣鬼神。

我仿佛看到了彩虹，

一片片，一层层；

又一片片，又一层层。

是那样的耀眼，那样的迷人，

那样的包罗万象，

那样的五彩缤纷，

又是啊，

那样的波澜壮阔，

那样的催人奋进。

我仿佛听到了战鼓，

是那样的洪亮，

那样的强劲，

也是那样的激励斗志，

那样的引人入胜。

那一声声一阵阵的旋律，

是在助威，也是在催征，

是在拓展大道，也是在开辟航程。

我仿佛看到了天宫，

是那样的富丽堂皇，

那样的金碧辉煌，

也是那样的清静悠闲，

那样的公平大同，

是啊，有咱新世纪的开拓者，

第三代的领航人，

我们的祖国、党、人民，

一定会光临天宫，飞越天宫。

冬 浇

空气中的寒冷元素，
将茫茫大地凝固。
树，愁白了头，
雁，迁走了户。

挣脱了羁绊的村民，
将绿色生命维护，
他们用舒畅的呼吸，
吮出了地心的乳。

似中南海的琼浆，
像庐山顶的瀑布，
清泉如一粒粒珍珠，
藏入咱农家的冷库

谁说大地已经休克，
它只是打个小盹，
经过咱精心的输液、注射、按摩，
它立刻就可复苏。

煤

在地球的深处，
你沐浴着甜蜜的梦。
年年月月，世世代代，你也不知道
该怎样了结自己的一生。

有人说，你一生黑暗
是黑暗的象征！
然而，你奉献于世界的
却是裹包着白昼的光明！

有人说，你一身肮脏
是肮脏的化身！
然而，你显现出来的
是囊括着纯洁的干净！

有人说，你冷酷无情
是与世隔绝的坚冰！
然而，你每天把太阳烧红
供给生命所需要的热能。

纯洁是你的本质，

坚韧是你的个性，

你为人类献出了光明，

而你自己却化为肥沃田野的灰烬！

公仆情

——农村书记素描

掀起早春的薄雾，

揭开晚秋的简谱；

到乞求的江河里扶弱济困，

去期盼的海洋中访贫问富。

切掉了癌瘤的肌体，

散发着正气的元素；

挖除了细菌的土壤，

吐露着甜蜜的音符。

信任的眼光架起了亲切的桥梁，

体贴的情意沟通了忠诚的肺腑；

那一条条锦囊妙计，

都溶化于一串串脚步。

一句句知心话儿涌着你，

把开启乡村五谷六畜仓库的钥匙浇铸；

一粒粒滚烫的汗珠催着你，

将农家繁荣富裕的金光大道砌铺。

看，那冲堤决坝的激流险滩上，

你制服的洪魔低头认输；

那铺天盖地的冰凌雹雨里，

你驱除的灾害踪影全无。

那面朝黄土背朝天的农家肩头，

你一丝一丝地掀去他们的重负；

那吟咏诵读破万卷的学子书堂，

你一次一次地给予他们资助。

那海海漫漫的碱废荒滩，

你将它开辟成孕育绿色生命的热土；

那冷冷落落的穷乡僻壤，

你为它注入了实现文明富裕的元素。

你脑海里绘着千禧年的五彩画，

你心窝中装着新世纪的百业图；

前进吧，祖国的希望，人民的公仆，

你一定会跃上未来辉煌的征途！

土默川放歌

爬
山
歌

引　曲

大青山高来黄河水长，
土右旗是个好地方。

写不尽的诗情唱不完的歌，
土右旗的喜事汇成河。

土右旗方圆四百里，
处处是欢乐处处是喜。

山丹丹开花满山坡坡红，
土右旗处处有新人。

南有瓜果北有粮，
东至西尽是鱼米乡。

新人新事新气象，
土右旗一天变一个样。

唱一唱伟大的共产党

小时候练出了好嗓嗓，
唱一唱伟大的共产党。

红艳艳的战旗普天下擎，
党领导人民闹革命。

共产党成立七十年，
翻动了天地改换了天。

千里的雷声万里的闪，
圪铮铮打下了铁江山。

黄河流水九十九道湾，
七十年的道路不平坦。

铲一道道圪梁垫一道道沟，
金灿灿的大道共产党修。
前山沟沟流水后山沟沟响，
共产党的美名天下扬。

前门口的豺狼后门口的虎，
可把个中国糟蹋了个苦。

84

斯喽喽的西风浊沉沉的浪，
漫顶顶的黑云压不垮党。

红圪丹丹的阳婆半空中照，
唱一唱党呀唱不完的好。

土默川的山水实在美

竹板板打响嗓音音起，
唱一唱家乡土右旗。

黑油油的煤炭山洼洼里存，
火泼泼的能源富子孙。

大青山高来黄河水长，
土右旗是个好地方。

山洼洼里栽树山洼洼外香，
甜盈盈的瓜果市场上抢。

山丹丹开花满山坡坡红，
土默川的美景爱煞人。

肥淋淋的猪肉文火火炖，
热炖炖的美味香喷喷。

土默川上坡洼洼多，
坡洼洼里宝藏汇成河。

黄河里流水浪花花翻，
大鲤鱼蹦跳鳞翅翅欢。

前坡坡绿来后坡坡青，
一坡坡花草一坡坡林。

麦穗穗饱满玉茭茭长，
金灿灿的粮食积满了仓。

山沟沟里流水哗啦啦响，
土默川处处出米粮。

一条条渠路挨排排开，
水珠珠绘出七色色彩。

朝阳阳开花金澄澄黄，
香饽饽引来投资商。

渠堰堰笔直路边边宽，
小村村都由树梢梢缠。

穷村村富裕富村村强，
满村村翻身满村村靓。

前村村影视后村村歌，
满村村欢乐满村村火。

东一片片云彩西一阵阵雨，
沙滩滩上披起了七彩彩衣。

南来的湖燕北去的鹰，
临别时难断莲丝丝情。

花生生的蝴蝶抖翅翅飞，
土默川的山水实在美。

唱一支支曲曲育一朵朵花，
土默川的美景人人夸。

"三个代表" 思想放光芒

红圪丹丹阳婆普天下照，
总书记发出新号召。

山丹丹开花满山坡坡红，
总书记的号召放彩虹。

雪里头的柴炭锦上的花，
总书记的号召威力大。

水有源头树有根，
总书记的号召意义深。

沙胡燕垒窝一口口泥，
总书记的号召要牢记。

天安门宏伟宝塔山壮，
"三个代表" 思想放光芒。

万里长城长又长，
"三个代表" 来引航。

数九天的暖风数伏天的雨，
"三个代表" 思想润心脾。

指南针定向北斗星明，
"三个代表" 思想指航程。

大青山高来黄河水长，
"三个代表" 思想含义广。

朝阳阳开花金澄澄黄，
"三个代表"思想暖心房。

高山上流水哗啦啦响，
"三个代表"的英明普天下扬。

鸟飞得高来鱼游得快，
"三个代表"让咱脑筋开。

做起来庆贺说起来夸，
"三个代表"是咱心里话。

沙窝窝里的黄金山湾湾里的玉，
"三个代表"思想是真理。

讲一篇理论写一篇文，
"三个代表"思想是准绳。

芝麻开花节节高，
"三个代表"思想实在好。

游不尽的山峰玩不尽的水，
"三个代表"思想就是美。

大出奇开花一色色红，

"三个代表"思想要记准。

赶走了狐狸打走了狼，
穷苦人翻身全靠党。

清澄澄的山峰绿茵茵的水，
"三个代表"思想世世代代垂。

一壶壶烧酒两碟碟菜，
共产党对咱们真不赖。

唱一曲颂歌跳一支舞，
共产党的恩情要记住。

冬关心暖来夏关心凉，
共产党胜如亲爹娘。

软溜溜的炸糕油淋淋的汤，
香喷喷的美酒献给党。

青山绿水一道道沟，
咱农民永远跟党走。

天空中的大雁挨排排飞，
咱祖祖辈辈跟党不后悔。

锄 地 曲

乘驾着歌声簇拥着笑，
身背着太阳锄苗苗。

老爷爷开锄打头炮，
挨排排紧跟一大梢。

老奶奶挥锄语调高：
"是毒草都要连根根刨"！

爸爸力大手腕腕巧，
锄板板底下把水浇。

妈妈舞锄心窝窝里笑，
间苗苗不亚于绣花俏。

哥哥抒臂锄尖尖挑，
洒一拢汗水间一拢苗。

妹妹力薄心眼眼小，
手捏住苗苗仔细瞧。

抬一抬头来展一展腰，
一家人都在绿海上漂。

哼一声曲曲亮一亮调，
爬山歌闯开路一条。

红艳艳阳婆闪闪照，
锄尖尖拓开四化道。

永远跟着共产党走

水有源头树有根，
庄户人翻身忘不了本。

一本本旧账心里头翻，

共产党的好处说不完。

离别了妻子舍弃了家，
共产党为咱们打天下。

战火中搏斗苦水中滚，
共产党拉引咱出火炕。

红圪丹丹阳婆升起来，
共产党解救咱出苦海。

出山沟沟洪水漫山坡坡泡，
共产党闯开幸福道。

轰隆隆的雷声哗啦啦的闪，
共产党的英名天下传。

西瓜瓤瓤不甜解不了渴，
共产党领导咱搞改革。

闭关锁国隔起了墙，
改革开放能富强。

大海中行船谁掌舵，
共产党领导幸福多。

高飞中的大雁回不过头，
咱永远跟着共产党走。

大西部定会变天堂

心里头乐活嘴里头夸，
唱一唱西部大开发。

红圪丹丹阳婆东山洼洼照，
党中央发出新号召。

轰隆隆的雷声哗啦啦的闪，
党中央的号召普天下传。

腾一腾巨龙抖一抖马，
大西部要搞大开发。

山丹丹开花满山坡坡红，
十二亿人民齐欢腾。

扭一扭秧歌唱一唱曲，
心里头乐活甜赛过蜜。

十二亿人民心里头喜，
海可填来山可移。

十二亿人民心里头笑，
地层层晃动山顶顶摇。

十二亿人民心里头夸,
荒山坡坡上开出红圪旦旦花。

十二亿人民心里头火,
黄土窝窝里结出鲜圪茵茵果。

十二亿人心里头亮,
新世纪前进不转向。

十二亿人民心里头明,
十五大精神指航程。

十二亿人民力量大,
海可端来山可拔。

十二亿人民志气高,
大开发战场上逞英豪。

绿茵茵的树叶叶金灿灿的花,
好不过西部大开发。

一条条的溪水流成了河,
西部大开发新事多。

花孔雀起飞彩翅翅美,
大开发的蓝图十二亿人绘。

翠圪生生的青山清圪莹莹的水,
大开发的前景惹得人醉。

半空中的大雁挨排排飞,
大开发抖一抖中国人的威。

下雨后美不过七彩彩虹,
大开发的设计夺天工。

黄河流水九十九道湾,
大开发带来大发展。

大青山美丽黄河水长,
大西部定会变天堂。

土默川山水爱煞人

北有大青山南有河,
土默川是个富窝窝。

红圪丹丹阳婆普天下照,
土默川的风光实在好。

90

山坡坡上翠绿山凹凹里青，
绿的是牧草青的是林。

前坡坡上桃李后坡坡上杏，
满坡坡花草满坡坡林。

一坡坡花草一凹凹林，
坡坡凹凹里都生金。

前山沟沟流水后山沟沟响，
山坡坡上暖和山沟沟里凉。

天接着山来山顶着天，
土默川的麦浪望不到边。

马驹驹撒欢羊羔羔蹦，
土默川上敞开了致富的门。

沙窝窝里安瓜瓢瓢甜，

土默川上处处都是钱。

河边边上撒菜叶叶嫩，
土默川啥事都能成。

井水洪水黄河水，
浇得土默川肥又美。

十年里就有九年旱，
土默川年年粮堆山。

汗滴滴滋补雨点点润，
土默川变成了聚宝盆。

树枝上的喜鹊云里头的雁，
土默川上处处笑声甜。

下过雨放了一道七彩虹，
土默川山水爱煞人。

庄户人的好日子在后头

红腾腾机砖薄片片瓦，
庄户人的新房像一朵花。

油漆的大门钢焊的窗，

家里家外亮堂堂，

四眼眼玻璃八眼眼窗，
庄户人住上了砖瓦房。

91

明晃晃的玻璃平展展的墙，
墙上墙下喷花香。

座柜立柜组合柜，
文明富裕柜子里汇。

电视机演戏收音机唱，
欢乐幸福堆满了炕。

缝纫机唱歌洗衣机笑，
声声韵韵是丰收调。

大肚肚茶壶小口口杯，
一壶壶情谊一杯杯美。

软绵绵的沙发靠墙墙蹲，
逢年过节迎亲朋。

暖融融地毯炕头上铺，
被窝窝里也在梦着富。

电棒筒筒明来电灯丝丝亮，
庄户人心里有太阳。

圆肚肚火炉放暖气，
庄户人的家里充满了喜。

一盆盆鲜花一盆盆香，

庄户人的生活赛蜜糖。

说完住房说穿衣，
庄户人穿得真稀奇。

的确良衫衫的确良裤，
走起路来好迈步。

尼龙袜袜丝背心，
数伏天穿上凉荫荫。

拖鞋凉鞋油皮鞋，
山沟沟里穿上也不鲜。

纯毛毛哔叽尼绒绒料，
大人娃娃穿起来俏。

毛线线织成五彩衣，
闺女媳妇穿起来喜。

笔挺的西服系领带，
庄户人穿上有气派。

毛衣毛裤毛坎肩，
庄户人穿上真体面。

棉衣风衣皮大衣，
数九寒冬暖身体。

合体的衬衫紧身的裙，
乡下的姑娘穿起来俊。

三中全会暖心房，
地换面貌人换装。

赶一阵时髦换一茬装，
穿绸挂缎是家常。

穿在前来吃在后，
顿顿饭咽下了忧与愁。

上一顿馍馍下一顿糕，
庄户人喜得肚子里饱。

莜面窝窝肉丝丝汤，
前顿顿吃上后顿顿香。

山药蛋粉条肉烩菜，

尝一尝便觉得胃口开。

白生生大米油花花汤，
塞外人吃上了江南粮。

炒一盘盘鸡蛋坐一壶壶酒，
热扑扑的席面上会亲友。

嫩凌凌羊肉包饺饺，
吃一肚肚香美装一肚肚笑。

猪肉片片一嚼满嘴嘴油，
香喷喷的滋味直往外流。

中秋节的葡萄结成了串，
庄户人的喜事说不完。

青山绿水一道道沟，
庄户人的好日子在后头。

土默川大地春来早

湿漉漉的东风湿漉漉的春，
土默川大地闹轰轰。

青山坡坡下耕耘黄河边边上耙，

庄户人齐心栽富花。

碎纷纷的黄土黑油油的粮，
珍珠玛瑙土海中藏。

七条腿腿的铁耧两片铧铧的犁，
梳妆得紧来打扮得细。

耧腿腿打扮犁铧铧梳，
土默川处处尽画图。

海海漫漫土默川四百里，
四百里的土默川汗点点洗。

沙窝窝里施肥圪梁梁上浇，

一圪梁爬山歌一圪梁笑。

三岁岁马驹七齿齿牛，
草滩滩上飞蹦草滩滩上游。

栽一行行杨树种一排排柳，
防护林俊俏经济林秀。

香喷喷的波浪甜盈盈的涛，
土默川大地春来早。

一颗颗红心献"亚运"

张开嗓门放开喉，
唱一唱土默川的大丰收。

土默川上放眼地面宽，
金灿灿的麦浪顺风风翻。

眼珠珠瞭出四百里，
四百里欢乐四百里喜。

土默川自古坡洼多，
坡坡洼洼里都装着歌。

大青山高来黄河水长，

土默川处处是米粮仓。

银闪闪镰刀挥起来俏，
数不清的麦捆捆随垄垄倒。

脱粒机嘻笑小四轮转，
麦颗颗由不住堆成了山。

虫灾旱灾冰雹灾，
灾灾祸祸成不了害。

大麻袋盛来尼龙袋装，
家家户户粮满仓。

拖拉机奔跑小四轮逛，
交公粮人人不停歇地忙。

实圪朴朴庄户人红圪丹丹心，
一颗颗红心献"亚运"。

十三大报告句句是理

阳婆出宫一阵比一阵高，
十三大有一个好报告。

理论上的阐述意义深，
十三大报告顺人心。

听起来入耳读起来新，
十三大报告字字精。

嚼一嚼香来咽一咽甜，
十三大报告内容鲜。

三十年河东转河西，
十三大报告合民意。

学一遍清楚学两遍明，

十三大报告尽实情。

夜雾朦胧眼不花，
十三大报告是灯塔。

大海里航行触不着礁，
十三大报告是航标。

日日思想夜夜盼，
十三大报告入心欢。

读起来高兴念起来喜，
十三大报告句句是理。

满肚肚欢喜聚眉梢，
十三大报告实在好。

唱一唱土默川的大丰收

清一清嗓嗓亮一亮喉，
唱一唱土默川的大丰收。

土默川方圆四百里，
四百里欢乐四百里喜。

大青山高来黄河水长，
土默川处处是米粮仓。

山坡坡上牛羊河畔畔上猪，

村村户户有肉库。

前村村拖拉机后村村车，
满村村科技满村村歌。

拖拉机腾飞小四轮跑。
创不完的财富取不尽的宝。

红圪丹丹阳婆满山坡坡照，
土默川的形势实在好。

老车倌爱唱爬山调

老车倌爱唱爬山调，
一声声喜来一声声笑。

平展展的公路光闪闪的车，
老车倌的爬山调流成了河。

小四轮开动小四轮飞，
小四轮上装满了新生活的美。

甜盈盈的波涛香喷喷的浪，
颤悠悠的爬山歌半空中逛。

白凌凌的馍馍油渗渗的糕，
老车倌歌唱责任制好。

笔挺的衣服崭新的房
心窝窝深处感谢党。

96

"大锅饭"年代小胶车滚，
拉不完的贫困拉不完的穷。

鞭梢梢晃荡鞭杆杆颤，
顾不了吃来顾不了穿。

骡驹驹驾辕马拉套，

拉来拉去赚不下个饱。

老车倌爱唱爬山调，
一声声怨来一声声恼。

开春的雷声入伏的闪，
共产党的好处唱不完。

欢欢喜喜过大年

家门口喜鹊喳喳叫，
新春佳节来到了。

山顶顶上披雪满坡坡白，
心里头高兴乐开怀。

满村村馍馍满村村糕。
杀一口肥猪宰一只羊，

小光景过得满肚肚香。

翻领领大衣穿起来俊，

庄户人甩手扔掉了穷。
红腾腾对联闪彩光，

心窝窝深处感谢党。
快包下饺子急擀下面，

欢欢喜喜过大年。

那达慕的喜讯满村村飘

蓝格茵茵天上飘白云，
望不到边的草原喜气盈。

那达慕的喜讯绕村村来，
满村村男女笑颜开。

前村村绿油油后村村黄，
绿的是金钱黄的是粮。

那达慕的喜讯满村村飘，
满村村欢乐满村村笑。

燕子出窝双翅翅飞，
新曲曲唱得合不住嘴。

喜鹊鹊瞭哨树杈杈站，

心里头的悄悄话说不完。

小狗狗闻讯汪汪叫，
真想到赛场跳一跳。

大红公鸡花尾巴翘，
轮班班提前来报晓。

三岁岁牛犊会撒欢，
嫩蹄蹄踩出花瓣瓣。

马蹄蹄一蹦蹄蹄印印深，
前蹄蹄腾飞后蹄蹄沉。

男男女女心里头笑，
那达慕的喜讯满村村飘。

民歌奇葩是山曲儿

　　山曲儿又叫爬山歌，是流行于内蒙古西部地区的民间歌曲。其曲调悠扬宛转、海海漫漫、荡气回肠、悦耳动听。唱山曲儿讲究音韵，讲究板眼，讲究双声叠字，常用赋比兴手法。山曲儿的曲调有"刮野鬼""拉骆驼""北京喇嘛""昭君坟"等。

山曲儿的演唱方式多为一男一女对唱，也有一男或一女独唱。内蒙古的一些地区上至白发苍苍的老人，下至生龙活虎的孩子，都能拉开嗓子演唱山曲儿。平时，在田间地头、茶余饭后、酒席宴上、文艺舞台、集市庙会、亲朋聚会等，都是演唱山曲的好场合。演唱都即兴发挥，随口编词，上至天文，下至地理；上至国家大政方针，下至人民家庭琐事，内容涉及方方面面，简直可以包罗万象。主旨是歌唱党的富民政策，歌唱幸福生活。

唱山曲儿首先要歌唱伟大的党、伟大的祖国，歌唱党的各项方针、政策，歌唱人民的幸福生活。

> 山曲曲儿本是那没梁子的斗，
> 多会儿想唱多会儿有。
>
> 山曲曲儿唱起嗓音音长，
> 唱一回山曲儿颂一回党。
>
> 唱起那山曲儿嗓门门痒，
> 热腾腾的饭菜也不香。
>
> 听一听看呀走一走瞧，
> 唱一曲山曲儿解心焦。

有时，几个知己朋友围坐在一起，一边喝酒，一边唱曲，人借酒兴，酒助歌兴，酒里有歌，歌里有酒。

> 二苣苣韭菜扎把把，
> 好容易咱们坐在一打打。
>
> 不喝三盅你喝上两盅，
> 你给大伙儿唱上几声。

不唱三声我唱上两声，

叫人家看咱是常出门的人。

一杯杯烧酒喝不醉个人，

喝上几盅盅长精神。

咱弟兄今天一打打坐，

不为喝烧酒为红火。

如同其他的文学艺术形式一样，山曲儿中爱情是永恒而常唱常新的主题。男女朋友之间，有些心里话有时不好意思开口，就以唱山曲的形式，通过形容、比喻，传递心声，表达爱情。

沙滩滩上长着一棵灵芝芝草，

人里头就数咱哥哥好。

三十里的明沙二十里的水，

赤脚板板走路眊妹妹。

黄河流水九十九道湾，

想妹妹想得心眼眼馋。

回水湾冻冰浅层层，

十回回眊妹妹九回回空。

想妹妹想得心里头烦，

睡不着觉来吃不下饭。

心里头想哥哥嘴头上唱，

病根根中在你身上。

大青山高来乌拉山低，

想哥哥想得着了迷。

一方水土养一方人，一方水土养一方风物。山曲儿这支民歌中的奇葩，有许多经典作品，代代相承，久传不衰。有很大一部分却是即兴之作，见景生情，有感而发，有情可抒。随着农村社会主义精神文明建设特别是文化生活的蓬勃发展，它必将绽放出更加艳丽的色彩。

十六大选出咱的领路人

树梢梢上的花喜鹊叫喳喳，
党中央召开十六大。

北斗星明亮指南针灵，
十六大为咱们照航程。

出海的蛟龙下山的虎，
十六大给咱们把劲鼓。

心窝窝里盘算脑门门上想，
十六大替咱们掌方向。

眼珠珠明亮心肚肚暖，
十六大报告普天下传。

一字字推敲一句句嚼，
学一学报告心里头笑。

高山上流水哗啦啦响，
十六大精神四海里扬。

山丹丹开花满山坡坡红，
十六大精神九州内闻。

轰隆隆的雷声哗啦啦的闪，
十六大精神漫得宽。

红圪丹丹阳婆东山洼洼升，
十六大选出咱的领路人。

庄户人学文化学上了瘾

千年的铁树开了花，
庄户人时兴学文化。

红太阳出宫金光闪，
庄户人登上了理论山。

老支书读了马列的书，
脑海里绘出了共产主义图。

新村长看书一个劲地钻，
下决心接好老一辈的班。

老保管辈辈不识字，
学文化处处找老师。

技术员越学越觉得甜，
字字句句心窝窝里咽。

小会计胸怀一团团火，

挨门门辅导文化课。

女队长是个急性性人，
学文化夜夜不熄灯。

勤大娘学习动脑筋，
脑海里装满了致富经。

懒大嫂看书一字字嚼，
干四化的战鼓心肚肚上敲。

吃一颗颗白砂糖甜透了心，
庄户人学文化学上了瘾。

学文化学得书本本变，
字字是财富句句是钱。

男男女女学文化，
满村村盛开知识花。

庄户人越活越好活

树梢梢喜鹊叫喳喳，
党中央文件到农家。

眉梢梢上挂喜心窝窝里笑，
庄户人的盼头来到了。

前村村牛羊后村村马，
满村村笑声满村村话。

东家门出来西家门进，
家家户户喜盈盈。

端掉"大锅饭"开"小灶"，
盐碱滩长出新苗苗。

人换脑筋地换貌，
一分分汗水一分分宝。

南一道道圪梁北一道道凹，
沟沟凹凹开富花。

"双包"责任制积极性灵，
土圪垃变成一粒粒金。

大红公鸡花尾巴翘，
如今的庄户人展起了腰。

穷根根拔除富苗苗大，
庄户人越活越好活。

土默川秋色人人爱

风尘尘飘动树叶叶摆，
香喷喷的秋色扑鼻鼻来。

北山坡坡五谷南河洼洼菜，

汗滴滴浇得花瓣瓣开。

多洒一滴汗珠少受一分灾，
少一分灾害多一分财。

东圪梁梁牛羊西圪凹凹猪，
一头猪是一棵摇钱树。

河畔畔上葫芦沙窝窝里瓜，
处处是水彩处处是花。

箭杆杨遮天柳成荫
海海漫漫山川海海漫漫林。

嫩凌凌苹果甜滋滋梨，
吃一口口美味装一肚肚喜。

高粱穗穗火红玉米颗颗亮，
看一看甘甜嗅一嗅香。
朝阳阳吐蕊金澄澄黄，
盐碱滩变成米粮仓。

尼龙线线鱼网眼眼多，
锦鱼鲤鱼游成了河。

金灿灿的波涛绿茵茵的海，
吸不尽的香气看不完的彩。

卖甜菜的人马交公粮的车，
挤逼得道路直哆嗦。

望不断的车队数不清的人，
忙不完一年的好收成。

丰收的村村富裕的人，
一步步迈入"四化"的门。

一肚肚喜悦一肚肚甜，
心窝窝里感激脑海中谢。

红公鸡唱歌花喜鹊笑，
丰收的曲曲富裕的调。

北山脚下唱曲南河畔上和，
声声韵韵是丰收歌。

红瓢瓢西瓜脆生生甜，
富民政策甜脆中显。

金色的村村金色的城，
村村镇镇金海中生。

三中全会精神染村寨，
土默川秋色人人爱。

土默川处处换新貌

大青山上远望眼珠珠饱，
海海漫漫土默川换新貌。

东风车飞奔小四轮跑，
土默川处处都是宝。

打走了狐子赶走了狼，
土默川的事业一天天旺。

绣花毯美观潜水泵强，
土默川的工业国内外香。

山顶顶上长草满坡坡青，
栽一棵棵树木成一片片林。

白灰水泥小化肥，
新产品更比老产品美。

桃树杏树杨柳树，
四百里土默川四百里富。

铁路公路交叉叉过，
机动车跑成一条条河。

草滩滩里牧羊云朵朵飘，
拾不完的歌声捡不完的笑。

中学小学挨排排，
一茬茬幼苗一茬茬才。

山羊绵羊细毛毛羊，
肥淋淋的肉食金灿灿的粮。

常见病下降传染病少，
七八十的老人不显得老。

河畔畔上打鱼浪花花溅，
汗点点浇出了"金娃娃"田。

五层楼上办公砖瓦房里住，
彩电冰箱飞入了户。

麦颗颗饱满瓜瓢瓢甜，
遍地里米粮遍地里钱。

上班下班路口上过，
自行车流成一条条河。

平展展油路坦荡荡街，
时代的流行曲欢乐中卷。

一湾湾洪流一湾湾笑，
土默川步步往前跃。

一步步欢乐一步步歌，
曲折中奋进浪涛中和。

暖融融春风湿漉漉吹，
土默川越看越觉得美。

土默川盛开致富花

风尘尘飘动浪花花起，
碰鼻鼻麦香千万里。

一穗穗高粱一把把火，
烧红了满天云朵朵。

玉茭茭天花刺云霄，
一片片叶叶一把把刀。

一把把金刀一弯弯光，
弯弯是粮库弯弯是仓。

金灿灿的颗粒金光闪，
谷穗穗直往地里头钻。

山药开花一朵朵白，
丰收的果实花蕊里排。

向日葵结籽满地金，
瓜籽仁里包裹着庄户人的心。

葫麻杆杆放枝杈杈多，
杆心里贮存着油花花河。

桃树上的蜜桃脸蛋蛋红，
枝枝叶叶香味浓。

红元帅苹果水李李，
土默川处处穿彩衣。

铺天的彩衣盖地的霞，
难住了一个个名画家。

海海漫漫土默川海海漫漫画，
土默川处处开富花。

106

旗委书记下乡来

山丹丹花儿满山坡坡开，
旗委书记下乡来。

中南海的讯息天安门的情，
催促着书记乡下行。

老爷爷端详小娃娃拉，
眼珠珠里滚出了泪花花。

春风欢送书记来，
一颗颗种籽里坐富胎。

伏雨相随着书记来，
绿油油的禾苗顺垅垅栽。

秋霜陪伴着书记来，
金灿灿果实满村村摆。

雪片片沐浴着书记来，
一家家冷暖心头上载。

东村村出来西村村进，
满村村友爱满村村情。

脱贫的诀窍致富的经，
挨门门送入庄户人的心。

书记下乡风尘尘染，
染红了肺腑染红了胆。

公社社员等级歌

头等社员当支书，
家有千事一人主，
三亲六故都沾光，
子子孙孙得好处。

二等社员搞外交，
骑自行车戴手表，
高级提包肩上挎，
条条缕缕都报销。

107

三等社员当队长，
一天可坐两半晌，
黑夜到了办公室，
工分补助都记上。

四等社员长舌头，
溜须拍马耍风流，
走得不正坐得歪，
一年四季撇浮油。

五等社员赶大车，
白天应付晚上磨，
三套胶车日夜转，
一扛鞭子一块多。

六等社员没靠头，
生来全凭两只手，
拿轻扛重罪受尽，
每天起来修地球。

共产党是咱主心骨

（一）

大青山高来黄河水长，
土默川平原好地方。

背靠大青山面傍河，
大平原上流行爬山歌。

黄河里流水千层层波，
大平原上爬山歌实在多。

羊身上的绵绒牛身上的毛，
大平原上爬山歌汇波涛。

千嗓嗓唱出万声声调，
爬山歌唱得能让人笑。

一声声歌曲一声声笑，
一声声唱得比一声声俏。

俏圪抖抖爬山歌俏圪抖抖调，
俏圪抖抖唱一唱共产党好。

滔天的洪水滔天的浪，
抗洪涝靠的是共产党。

制服了洪峰煞住了浪，

108

多亏了伟大的共产党。

石不能烂来海不能枯，
共产党是咱的主心骨。

赶走了狐子打走了狼，
抗洪涝全靠共产党。

清一清嗓嗓亮一亮调，
唱一唱党领导咱战洪涝。

（二）

蓝圪茵茵天空一圪瘩瘩云，
半空中惊雷轰隆隆鸣。

黑圪洞洞的云头嘶喽喽的风，
连珠串串的暴雨直往下倾。

雨点点汇成连珠珠线，
天连着地来地连着天。

千里的雷声万里的闪，
大平原霎时变水滩。

黑云罩地暴雨铺，
大平原变成大水库。

一道道闪电一声声雷，
三百万人的大平原处境危。

一条条长堤一座座坝，
堤堤坝坝洪水中垮。

脱缰的野马草原上飞，
大平原灌满了无情的水。

恶狠狠的洪魔舞牙爪，
拔掉了大树吞噬了草。

老龙王凶恶洪魔王狠，
要把大平原一口吞。

金色的大平原金色的画，
听不尽的歌声看不完的花。

（三）

风尘尘吹动浪花花起，
碰鼻鼻麦香千万里。

一穗穗高粱一把把火，
烧得老天爷直哆嗦。

玉荬荬天花刺云霄，
一片片叶叶一把把刀。

一把把金刀一弯弯光，
弯弯是粮库弯弯是仓。

柳木扁担弯又弯，
谷穗穗直往地里头钻。

山药开花一朵朵白，
丰收的果实花蕊里排。

葫麻杆杆枝枝杈杈多，
杆杆里储存着油花花河。

铺天的彩云盖地的霞，
喜坏了一个个名画家。

海海漫漫大平原海海漫漫画，
大平原处处开富花。

（四）

钟声已把二十三点报，
党委会开得正热闹。

党委书记大老张，
艰难中炼就铁心肠。

改革开放第一线上飞，
艰难困苦脚底下退。

新社会成长红旗下生，
万里征途上铁脚板轻。

一颗心向着中南海，
千难万险脚底下踩。

"降洪魔人人要上阵，
斗天斗地斗洪峰。"

戴一轮明月披满天星。
泥里头出来水里头进。

汗道道流遍双脸颊，
眼底底布满春晨的霞。

焦裂的嘴唇上下攻，
豪言壮语如雷轰。

"抗洪涝就要泼开身子干，
要让那洪灾涝害全滚蛋；

下有咱父老乡亲上有咱党，
咱们要斗倒老龙王"。

副书记外号小老虎，
句句话就像擂战鼓。

"除害要除根根上的害，

抗灾先要抗心窝窝的灾。"

十三名委员三百万颗心，
颗颗心都在大坝上凝。

女副书记亮嗓嗓脆，
"半边天是抗洪突击队。"

十三名委员三百万颗心，
颗颗心连着天安门。

三百万颗红心拧成了绳，
筑起了一道道铁长城。

三百万个能人三百万张嘴，
三百万张嘴里响出一声雷。

"咱就是要革老龙王的命，
不获全胜不收兵"。

（五）

云朵朵翻滚雨点点狂，
水位线一个劲地往上涨。

一杆杆红旗水面上飘，
风展红旗哗啦啦笑。

惊涛里前进恶浪里闯，
三百万颗红心船板上装。

风里去呀雨里来，
党中央的温暖船舱中带。

抬头望见北斗星，
双桨是咱的指南针。

一只船连着三百万颗心，
满船力量满船情。

洪峰险恶洪浪宽，
老书记勇开顶风船。

老书记日夜风浪里闯，
指挥部就在浪尖上。

左手扁担右手锹，
不是铲来就是挑。

蛟龙出海虎下山，
老书记的力气使不完。

忽听的鸡飞小狗狗叫，
意外的警报传来了。

洪峰一个个闯出沟，

二号护城坝决开了口。

老书记拔腿一溜烟，
率领突击队去抢险。

兵分两路巧摆布，
边堵决口边救护。

老书记拖着两脚泡，
泥膀子背出"老五保"。

奶头上的娃娃病床上的娘，
一个个都把老书记想。

走到哪里哪里干，
洪浪里夹着老书记的汗。

八十里的洪水八十里的汗，
老书记的力气使不完。

满手老茧两脚泡，
老书记的心血洪浪里熬。

八十里的洪水八十里的浪，
洪浪里记着老书记的账。

八十里的洪水八十里的坝，
老龙王见了真害怕。

洪浪里穿梭洪浪里飞，
老书记边战边指挥。

救出了群众抢出了粮，
堵决口的战斗又打响。

来一个洪峰添一层浪，
填进去的泥土全冲光。

洪峰险恶水势凶，
风浪里开来了解放军。

一身身汗水一车车土，
解放军猛把洪峰堵。

红军团的称号震霄汉，
洪峰险浪吓破了胆。

背一名奶奶抱一个娃，
铁团长战得乐哈哈。

抢救出老来又抢救少，
铁团长三天三夜不睡觉。

红营长驾起了冲锋舟，
洪浪中当起了突击手。

东环路抢来西脑包救，

回到家门口不停留。

雄连长更是大显身，
一口气救出六家人。

救一回生命净一回心，
雄连长要做新世纪的人。

做新人就要做新事，
"新世纪咱要写新历史"。

张战士服役已到届，
"战败了洪魔再复员"。

"洪峰浪就是新战场，
不获全胜不离岗"。

王战士婚期已定好，
未婚妻等盼正心焦。

一句句短信一声声音，
战胜了洪涝再定婚。

李战士父亲刚辞世，
急电报传来没当一回事。

热泪水常在心肚肚里咽，
抗洪涝抗得心窝窝里甜。

赵战士妻子生娃娃，
他连个电话都顾不上打。

卫生员小吴不娇娜，
赤脚板淌水背大妈。

话务员小刘心眼眼快，
专为指战员送饭菜。

披一群星星戴一轮月，
众战士奋战不停歇。

军民联手战洪峰，
筑起了一道道铁长城。

铁长城宽来铁长城高，
洪峰浪展翅四处逃。

劈碎了波呀斩碎了浪，
军民越战越坚强。

（六）

男女老少日以继夜战，
洪魔王吓得心胆寒。

军民抗洪浪斗志高，
洪峰浪飞腾没命地逃。

一杆杆红旗一双双手，
洪魔王被赶得无处走。

哪里水凶哪里险，
红旗就在哪里见。

火车头带动火车皮，
老书记是抗洪的第一面旗。

老书记双肩硬如钢，
左肩担来右肩扛。

一群群男来一队队女，
一个个身上飞汗雨。

小伙子飞步水面上走，
压得扁担吱吱吼。

铁姑娘个个挑重担，
赤脚板蹬得地打颤。

老爷爷双手挥银锹，
一锹锹泥土一发发炮。

小学生助威嗓门门高，
一声声战歌一声声号。

泥里去呀水里来，

欢歌笑语汇成海。

雨点点打来浪花花溅，
军与民越战志越坚。

剪刀般的冷风嘶喽喽吹，
风尘尘洗去了苦与累。

一身身稀泥一身身水，
人人心窝窝里战鼓擂。

肉皮上的苦呀骨髓里的累，
正是咱锻炼的好机会。

人在坝在城乡在，
大平原遭灾不见灾。

老书记领导咱战洪涝，
享不尽的欢乐说不完的笑。

一阵阵欢乐一声声笑，
齐把老书记来夸耀。

水有源头树有根，
说起老书记真动人。

爷爷参加过同盟会，
一辈辈直把孙中山追。

联俄联共闹革命，
脱离了工农自家人。

南征北伐几度秋，
最终败在了军阀的手。

黑暗中奋斗了几十年，
到头来含冤丧九泉。

父亲揣怀着爷爷的心，
立志要奋斗见光明。

放下了锄镰拿起了枪，
紧跟着毛委员上井冈。

打土豪来分田地，
要为咱老百姓争一口气。

刀光中杀来剑影中拼。
下决心要革反动派的命。

恶虎凶来豺狼暴，
老父亲踏上了长征的道。

走完了草地爬雪山，
老父亲练出了铁脚板。

八年抗战打豺狼，

老父亲铸就了铁心肠。

三大战役放光辉，
老父亲打出了解放军的威。

开国大典上显英雄，
老父亲登上了天安门。

耄耋中的老父亲心意长，
三句话如铁教儿郎。

第一句话斩钉截铁坚如钢，
"咱祖祖辈辈要跟着共产党"。

第二句话胜比山清又水秀，
"咱劳动人民的本色不能丢"。

第三句话好似铁板上来打钉，
"咱掌权执政要永远为人民"。

三句话就像三道钉，
牢牢钉在了老书记的心。

大海航行靠舵手，
三句话指引着老书记走。

千家的米粮万家的菜，
千万家米菜挂心怀。

老书记常去凤凰村蹲，
米袋袋满盛菜篮篮丰。

王三家三口口全下岗，
老书记专找就业局帮。

老干部四代人同堂住，
老书记亲手给办廉租。

家家户户挨排排访，
串门门办理廉租房。

边送住房边调研，
老书记脑海里长见解。

绘一张城市新蓝图，
省得咱牵肠又挂肚。

东城区规划西城区建，
安居工程布满了街。

救死扶伤治灾病，
医疗卫生送上了门。

花甲老人更称心，
月月都能领养老金。

困难户生活有依靠，

年年月月吃"低保"。

老书记领导真正好，
老百姓眉开又眼笑。

汶川大地震灾难重，
老书记捐资寄深情。

大平原突发洪涝灾，
老书记抗灾来挂帅。

大平原遭灾不见灾，
全靠老书记来安排。

老书记抗洪打头阵，
征服了洪涝教育了人。

老爷爷禁不住乐哈哈，
大拇指竖起一个劲地夸。

"有咱这样的领路人，
我闭了眼睛也放心。"

老奶奶更是常唠叨，
句句话都说老书记好。

"年轻娃娃们要记住，
紧跟咱老书记不停步"。

爸爸妈妈们嘴更多，
赞扬老书记的话流成了河。

"有咱老书记当掌柜，
咱再不用受那二茬茬罪；

斗败了涝灾战胜了洪，
老书记应当记头功；

洒洒脱脱的老书记，
是咱们心中的一面旗；

战一场灾害取一次经，
老书记做事先做人；

花花的世界花花的像，
老书记做出了一个个样；

跟着老书记干事业，

情愿流汗水情愿洒血；

忧不必愁来悲不必哭，
老书记是咱的主心骨；

人字雁高空挨排排飞，
紧跟咱老书记不后悔；

天安门广场飘红旗，
咱世世代代都要学老书记；

学着老书记来做人，
坐得端庄走得正；

跟着老书记向前走，
爬刀山过火海不回头；

跟着老书记干革命，
海枯石烂不变心"。

喜坏了一个个名画家

风尘尘飘动浪花花起，
扑鼻鼻麦香千万里。

一穗穗高粱一把把火，

烧红了满天云朵朵。

玉茭茭开花吐毛毛，
一片片叶叶一把把刀。

117

一把把金刀一弯弯光，
弯弯是粮库弯弯是仓。

胡麻杆杆放枝杈杈多，
杆杆里贮存着油花花河。

金灿灿的颗粒金光闪，
谷穗穗直往地里头钻。

桃树上的蜜桃脸蛋蛋红，
枝枝叶叶香味喷。

山药开花一朵朵白，
丰收的果实花心心里排。

红元帅苹果水李李，
土默川处处穿彩衣。

朝阳阳结籽满地地金，
瓜籽籽里包裹着庄户人的心。

铺天的彩衣盖地的霞，
喜坏了一个个名画家。

锄尖尖开出幸福道

身背上阳婆脸堆满笑，
一家家老小小锄苗苗。

妈妈舞锄心窝窝里笑，
间苗苗不亚于绣花俏。

爷爷开锄打头炮，
挨排排紧跟一大梢。

哥哥舒臂锄尖尖挑，
洒一拢汗水间一拢苗。

奶奶挥锄哑嗓嗓高，
"是毒草都要连根根刨"

妹妹力薄心眼眼小，
手捏住苗苗仔细瞧。

爹爹力大手腕腕巧，
锄板板底下把水浇。

抬一抬头来展一展腰，
一家人都在绿海上漂。

哼一声曲曲亮一亮调，
爬山歌闯开路一条。

红彤彤阳婆当头头照，
锄尖尖开出幸福道。

土默川越看越觉得美

山顶顶上长草满坡坡青，
栽一棵棵树木成一片片林。

桃树杏树扬柳树，
四百里土默川四百里富。

山羊绵羊细毛毛羊，
肥淋淋的肉食金灿灿的粮。

河畔畔上打鱼浪花花溅，
汗点点浇出了"金娃娃"田。

麦颗颗饱满瓜瓢瓢甜，
遍地是米粮遍地是钱。

东风车飞奔小四轮跑，

土默川处处都是宝。

绣花毡美采潜水泵好，
土默川的工业名声高。

桃杏花开出银花花树，
楼楼上办公瓦房房里住。

平展展油路坦荡荡的街，
新时代的青年穿戴鲜。

一湾湾洪流一湾湾笑，
土默川步步往前跃。

暖融融春风唑喽喽吹，
土默川越看越觉得美。

爬山歌唱给党来听

南来的大雁北去的风，
爬山歌唱给党来听。

水有源来树有根，
新政策过来才翻了身。

离别了妻子舍弃了家，
共产党为咱们打天下。

战火中搏斗苦水中滚，
共产党拉引咱们出火坑。

白灵灵脱笼满天天飞，
再也不受财主的气。

旱到的苗苗细雨雨淋，
至死不忘共产党的恩。

嘶喽喽刮了一股东南风，
再也不给财主当长工。

天上星多月亮明，
共产党才是咱领路人。

出山沟沟洪水漫山坡坡跑，
共产党给咱闯开幸福道。

对对汽车顺路路跑，
咱光景过得一天比一天好。

山上的石头河里的船，
歌颂党的山曲儿唱不完。

五月的雷声六月的闪，
共产党的美名天下传。

拔掉了穷根还清了债，
摇钱树全靠共产党栽。

爬一道道圪梁过一道道沟，
幸福路还得共产党修。

切掉了癌瘤挖掉了疮，
党为咱粉碎了"四人帮"。

西瓜瓢瓢不甜解不了渴，
共产党领导咱搞改革。

闭关锁国隔起了墙，
改革开放才能富强。

冰层层消化春风风来，
致富的门路党打开。

大海中行船谁掌舵，
共产党领导幸福多。

天上下雨河水水涨，
庄户人永远离不开党。

数伏天下了一场淋苗苗雨，
党给咱定下了致富计。

银灵灵的嗓嗓脆生生的音，
说不尽的爱呀唱不完的情。

党的恩情像海洋

山沟沟里流水哗啦啦响，
心里头高兴由不住个唱。

三十六眼窗窗朝南开，
三中全会吹得幸福来。

蓝莹莹的天上飘白云，
共产党事事为人民。

白布衫衫大领领高，
咱庄户人如今穿的袄。

朝阳阳开花杆杆高，
党的话句句像珍宝。

八月天刮的上籽风，
新政策过来咱活成个人。

红圪丹丹阳婆满山山照，
党给咱指出了康庄道。

改革是一条金光道，
城乡人民心里头笑。

莜面窝窝豆腐汤，
如今的光景一天比一天强。

野鹊鹊落在树枝枝上叫，
责任制承包实在好。

你包一片树林我包一群羊，
专业户的票票存银行。

大河里有水小河里流，
政策放宽有奔头。

黄河畔的豌豆公路边的树，
多种经营能致富。

沿山区的庄禾井水灌，
黄河畔修起了扬水站。

土默川人多地面宽，
十年就闹九年旱。

夏月天刮风渠里头干，
黄河有水难浇灌。

一年年往来一年年返，
祖祖辈辈空悲叹。

眼窝窝里着急心窝窝里烦，

一年四季愁不断。

革命大道长又宽，
庄户人听从党召唤。

土默川上黄河湾连湾，
湾湾修建扬水站。

一面面红旗迎风展，
土默川打起大会战。

起五更来睡半夜，
苦干巧干流大汗。

建站在呼来开渠的唤，
齐刷刷的护岸锁水患。

大渠、小渠水不断，
黄河畔浇到大青山。

千年害河变水利，
万顷旱地变园田。

如今的庄户人展起了腰

大红公鸡尾巴巴翘，

如今的庄户人展起了腰。

122

场面上睡觉好宽展,
庄户人吃了个定心丸。

大红盖底二五毡,
庄户人才把个心放宽。

刨下一个坑坑栽一苗苗树,
谁下辛苦谁能富。

树梢梢喜鹊叫喳喳,
党中央文件到农家。

眉梢梢上挂喜心窝窝里笑,
庄户人的盼头来到了。

前村村牛羊后村村马,
满村村笑声满村村话。

羊肉饺子紫皮蒜,
庄户人如今是肥油蛋。

后墙上开窗窗办起小卖部,
我心上的小妹妹勤劳搞致富。

一行行松柏一滩滩柳,
好端端的光景没一点点愁。

三伏天下了场淋苗苗雨,

扶贫队来了全家家喜。

轰隆隆响了声驱云炮,
有党引路咱心不跳。

马驹驹撒欢羊羔羔叫,
好政策叫咱猛刨闹。

风尘尘飘动浪花花起,
扑鼻鼻麦香千万里。

一穗穗高粱一把把火,
烧红了满天云朵朵。

玉茭茭开花吐毛毛,
一片片叶叶一把把刀。

一把把金刀一弯弯光,
弯弯是粮库弯弯是仓。

金灿灿的颗粒金光闪,
谷穗穗直往地里头钻。

朝阳阳结籽籽满地地金,
瓜籽籽里包裹着庄户人的心。

人换脑筋地换貌,
一分分汗水一分分宝。

123

南一道道圪梁北一道道洼，
沟沟洼洼开富花。

"双包"责任制实在灵，
土坷垃变成一粒粒金。

一对对莲花对头头红，
满村村没有一人打光棍。

开上拖车卖余粮，
回来穿了身好衣裳。

亲家朋友上家门，
带嘴嘴香烟递手中。

龙王庙上不点灯，
如今信科学不信神。

千年的铁树开了花，

庄户人时兴学文化。

吃一块块白砂糖甜透了心，
庄户人学文化学上了瘾。

学文化学得书本本变，
字字是财富句句是钱。

男男女女学文化，
满村村盛开知识花。

政策对头人心齐，
穷村村争了一口致富气。

穷根根拔除富苗苗大，
庄户人越活越好活。

哼一声曲曲亮一亮调，
爬山调闯开路一条。

祖祖辈辈跟党不后悔

山上的石头河里的船，
歌颂党的山曲儿唱不完。

五月的雷声六月的闪，

共产党美名天下传。

拔掉了穷根还清了债，
摇钱树全靠共产党栽。

爬一道道圪梁过一道道沟，
幸福路还得共产党修。

切掉了癌瘤挖掉了疮，
党为咱粉碎了"四人帮"。

数伏天下了一场淋苗苗雨，
党给咱定下了致富计。

冰层层消化春风风来，

致富的门路党打开。

天上下雨河水水涨，
庄户人永远离不开党。

银灵灵的嗓嗓脆生生的音，
说不尽的爱呀唱不完的情。

半空中大雁挨排排飞，
祖祖辈辈跟党不后悔。

人里头挑人就数哥哥好

红艳艳的太阳头顶顶照，
三伏天站着把哥哥瞭。

瞭不见哥哥看不见人，
难过得小妹妹泪淋淋。

红圪旦旦阳婆烤红了脸，
房顶上的小妹妹熬红了眼。

亮不起的嗓嗓唱不成歌，
小妹妹的脸上泪流成河。

麻圪阴阴天气雾圪沉沉，

小妹妹想哥哥站不起圪身。

麻圪阴阴空气雾圪沉沉天，
再看看哥哥的白脸脸。

麻圪阴阴天气雾圪沉沉，
看不见哥哥急死个人。

麻圪阴阴天气雾圪沉沉，
想哥哥想得忘了营生。

黄河水高涨河坝㧯低，
隔河渡岩难眊哥哥你。

125

哥哥是妹妹心上的人，
一阵阵不见面满村村寻。

眼看见哥哥河对面站，
扬一把沙土给哥哥看。

妹妹瞭来哥哥看，
肚里头的知心话说不完。

房檐檐底下种莲豆，
哥哥是妹妹的连心肉。

黄河湾湾里流不断水，
哥哥你过来亲一亲嘴。

软油糕沾糖肚里头甜，

亲一亲哥哥能把心火泻。

三伏天吃了一颗大苹果，
亲一亲哥哥泻心火。

长条条的豆面软溜溜的糕，
亲一亲哥哥脸蛋蛋烧。

大雁高飞半天影儿飘，
亲一亲哥哥心里头笑。

哥哥本是勾魂的才，
眼里头看见心里头爱。

筷子里头拔旗杆一煞水水高，
人里头挑人就数哥哥好。

咱二人永世不分离

树梢梢上的喜鹊嗓音音脆，
猛然间想起去赶会。

骑着个骆驼赶着个鸡，
逛交流的哥哥过河西。

河畔畔上开起了交流会，

沙滩滩里看见了小妹妹。

五谷里的田苗子就数高粱高，
满戏场里就数小妹妹好。

黑圪油油的头发小白脸脸嫩，
红圪嘟嘟的嘴唇唇来让哥哥亲。

126

红歌新韵

白天黑夜把妹妹想，
茶不思来饭不香。

白天想妹妹河畔上瞭，
晚上想妹妹睡不着个觉。

有心想天天眊妹妹，
隔河两岸不能飞。

东借些钱来西贷些款，
为妹妹买了支渡口船。

燕子垒窝一个劲地飞，
三伏天不误眊妹妹。

眊妹妹眊得迷了个窍，
沙窝窝里走路常跌跤。

眊妹妹眊得魂颠倒，
小妹妹就在哥哥眼前绕。

眊妹妹眊得发了个愁，
紧拉住妹妹的小手手。

眊妹妹眊得人人夸，

眼看见妹妹像一朵花。

眊妹妹眊得心眼眼宽，
看一眼妹妹就解了个馋。

眊妹妹眊得解忧愁，
手搂住妹妹不想走。

眊妹妹眊得迷了个窍，
看一眼妹妹抿嘴嘴笑。

黄河湾湾里没搭过桥，
死活也要和妹妹交。

碾轳辘绕得是碾磨盘心，
小妹妹是哥哥心上的人。

嫩白脸脸抹上香喷喷的粉，
红圪旦旦的小嘴嘴来让哥哥亲。

山沟沟里流出了清澄澄水，
小妹妹喂了哥哥个绵嘴嘴。

一只只鸳鸯绕一条条鱼，
咱二人永世不分离。

小妹妹永远把哥哥等

阳婆上来丈二高，
心里头的哥哥实在好。

红圪旦旦阳婆半空中照，
瞭不见哥哥心里头跳。

白凌凌的银牙红彤彤的脸，
想哥哥想得常失眠。

自从哥哥离开个妹，
坐不是个坐来睡不是个睡。

白天想哥哥路口口上站，
黑夜想哥哥被窝窝里钻。

想哥哥想得房顶上瞭，
脸蛋蛋上由不住泪珠珠掉

想哥哥想得着了个迷，
三四天没吃下一颗米。

想哥哥想得着了个疯，
下班后回家走错了门。

想哥哥想得心里头乱，
一整天就在路口上站。

想哥哥想得迷了个窍，
热乎乎的被窝里睡不着觉。

想哥哥想得满滩滩跑，
三朋四友没心思眊。

想哥哥想得发了个愁，
由不住泪蛋蛋眼皮下流。

想哥哥想得没法法坐。
脚板上的袜底底全磨破。

想哥哥想得没法法睡，
抱住个枕头亲哥哥嘴。

想哥哥想得不吃饭，
盯住个相片片嘴不干。

想哥哥想得不睡觉，
由不住想把嫩嘴唇唇咬。

128

想哥哥想得托了个梦，
搂住个枕头床铺上滚。

三十年黄河流西东，
小妹妹永远把哥哥等。

黄河流水九十九道弯，
死活妹也要把哥哥盼。

清澄澄的河水活凌凌的鱼，
妹和哥永远不分离。

海枯石烂不变心

大河畔畔上栽杨沙滩滩上柳，
大哥哥小妹妹交朋友。

花喜鹊落在树枝枝上，
大哥哥小妹妹配成了双。

沙窝窝里种粮清水园园里菜，
大哥哥小妹妹两相爱。

左挑右挑眼花花乱，
眼看见大哥哥心里头宽。

同桌桌读书同村村住，
小妹妹有事大哥哥助。

五谷里的田苗子唯有高粱高，
心里头就看准大哥哥好。

一群群蝴蝶水池池上飞，
满肚肚心事该说给谁。

老山药蛋蛋嫩白菜心，
人里头就数我大哥哥亲。

一对对蜜蜂绕花花心，
小妹妹有意大哥哥亲。

半天影大雁挨排排飞，
我抱住大哥哥亲嘴嘴。

拆不散的鸳鸯顺水水漂，
心里头的对象眼里头挑。

吃一颗苹果喝一盅酒，
我抱住大哥哥亲两口。

白羊肚肚手巾头顶顶上罩，
一看见小妹妹就抿嘴嘴笑。

麻阴阴天气濛渗渗雨，
心眼儿里的小妹妹多会儿娶。

前山坡坡的麻麻后山梁梁的谷，
看不见小妹妹由不住个哭。

嫩凌凌的小脸脸白凌凌的粉，
俏圪奴奴的嘴唇唇来叫哥哥亲。

旱月天流下股清泉泉水，
小妹妹喂给哥哥个甜嘴嘴。

树枝上的花喜鹊叫喳喳，

小妹妹出落得像一朵花。

小妹妹漂亮大哥哥帅，
正好是女貌配郎才。

大哥哥喜人小妹妹亲，
咱们俩正好是一家人。

红圪旦旦阳婆东落到西，
咱们俩正好配夫妻。

大哥哥的情来小妹妹的意，
咱二人永远不分离。

大哥哥的义来小妹妹的恩，
海枯石烂不变心。

咱二人永远不分开

挨排排的大雁嘶喽喽的风，
想妹妹想得活不成个人。

城墙上跑马进不了个城，
想妹妹想得站不起个身。

想妹妹想得吃不下饭，

一黑夜睡觉抱着个罐。

想妹妹想得迷了个窍，
一黑夜盘肠睡不着个觉。

想妹妹想得着了个迷，
泪珠珠流成个连阴雨。

想妹妹想得手腕腕软，
拿不起个筷子端不起个碗。

想妹妹想得腿肚肚酸，
坐不能坐来站不能站。

想妹妹想得眼花花乱，
抱住个面袋袋当貂蝉。

想妹妹想得头脑脑晕，
搂住个布娃娃当妹妹亲。

想妹妹想得喝醉了酒，
半夜里梦见把妹妹搂。

想妹妹想得想成了病，
看不好就会要哥哥的命。

大青山高来黄河水长，
想哥哥想得饿肚肠。

想哥哥想得墙头上站，
一黑夜把裤衩扯了个烂。

想哥哥想得活不成，

鬼不是个鬼来人不是个人。

想哥哥想得不能走，
站在房檐上肉眼眼抖。

想哥哥想得眼窝窝陷，
满天的星星都数遍。

想哥哥想得心难活，
面朝天睡觉抱烂个瓜。

想哥哥想得迷了个窍，
半夜里唱起了爬山调。

想哥哥想得吹不熄个灯，
抱住个浆米罐当哥哥人。

紫红色脸蛋蛋红圪嘟嘟嘴，
小妹妹爱得哥哥流口水。

黄绵杏跌坑一包包水，
小妹妹喂给哥哥红圪嘟嘟嘴。

大哥哥亲来小妹妹爱，
咱二人永远不分开。

庄户人永世离不开党

心里头的大河嘴里头的浪，
汇成爬山歌唱一唱党。

前山沟沟流水后山沟沟响，
共产党英名普天下扬。

满天星星一颗颗明，
共产党的好处数不清。

拔掉了穷根还清了债，
摇钱树全靠共产党栽。

爬一道道坡坡过一道道沟，
幸福路还得共产党修。

洒一滩滩碧血流一滴滴汗，
党领导咱搬掉了三座山。

驱除了虎豹赶走了狼，
党领导咱上天堂。

切掉了癌瘤挖掉了疮，
党中央粉碎了"四人帮"。

三伏天下了一场淋苗苗雨，
党给咱定下了致富计。

燕子飞舞喜鹊喳，
"一号文件"是党中央发。

党中央文件送来了喜，
没毛毛荒滩穿新衣。

党中央文件吹来了风，
生产责任制落实到人。

淋苗苗细雨上籽籽风，
阵阵风敲开了致富的门。

红腾腾阳婆蓝茵茵天，
共产党是人民的勤务员。

海里头有水河才能涨，
庄户人永远离不开党。

半空中大雁挨排排飞，
祖祖辈辈跟党不后悔。

敕勒新韵

律诗

颂歌曲曲敬献党

(一)

南湖舟内聚群贤，华夏兴衰踧寄言。
建党擎旗凭马列，施政举事赖锤镰。
刀光剑影空前炽，血雨腥风绝后艰。
滥杀诸仁难毁志，终观星火可燎原。

(二)

南昌城上树军旗，老帅周公握战机。
怒海讨蒋求善道，狂飙漫腐觅良医。
工农聚义山巅汇，将帅陈兵据堡栖。
枪炮轰开新世界，朱毛取胜更神奇。

(三)

铁军转战度秋冬，万里长征堵截重。
涉水翻山生路闲，攻关夺隘死途通。
草根树叶充餐煮，皮张革履作肉烹。
历尽艰难排险阻，塔光照耀漫天红。

（四）

倭寇横行肆虐狂，神州大地漫“三光”。
蒋门腐朽无能御，毛公英明有志搪。
抗战前锋擎帅帜，歼敌阵地灭疯狼。
持久论著昭天下，捷报纷传悦四方。

（五）

太行仗剑斩倭熊，统帅亲临昼夜征。
名将鲜花山岳谢，长久武运野滩蒸。
平型关隘装丧袋，晋冀边区布葬工。
只待豺狼钻阵内，全民聚灭逞英雄。

（六）

神州抗战逾八年，万众争锋意更坚。
无道逆施天亦灭，有情顺致地犹援。
高擎白帜昭晓罪，低诵降书示遭谴。
作恶多端须报应，绞刑架竖见尊严。

（七）

倭寇初降万事综，毛公斗胆赴刀锋。
和谈桌面抒诚意，协议书前遇冷风。
慷慨陈词难劝唤，热忱谏议尽悬空。
独夫肆意先焚火，以礼相陪决雌雄。

（八）

辽锦要塞树边关，百万雄兵恶战酣。
统帅亲书传密令，蒋帮秘奔授奇谈。
闭门挞伐顽军溃，断路征剿壮士憨。
更喜长春举义帜，东三省郡按期还。

（九）

六朝都市资千钧，精锐守军布铁龙。
领袖精心施步调，独夫执意保股肱。
张家口外惊雷炸，津卫门前猛炮攻。
内外联防存玉石，京城完满返怀中。

（十）

淮海宽广战事稠，江山半壁势已丢。
选兵调将雌雄决，策划筹谋胜败纠。
给养三轮练队涌，供需四足汇洪流。
综观美式洋机械，逊色中华老乳牛。

（十一）

东方艳亮日初升，喜望神州万里红。
领袖身挺如砥柱，宣言音带似长虹。
五星赤帜飘天宇，万炮鸣声震太空。
兵阵威严平耻辱，前程锦绣定兴隆。

（十二）

新权建政艳阳骄，亿万平民尽舜尧。

做主当家图庶裕，安居乐业度逍遥。

频施"四化"强国力，疾助"三农"建富桥。

秣马精兵疆域国，江山锦绣瑞祥飘。

（十三）

全会转机效愈威，百花斗艳竞芳菲。

农家皆富米囊满，市户俱丰菜谱肥。

核弹穿穹天际闯，神舟射日宇寰飞。

举国倡践科学论，年夏无时不耀晖。

（十四）

英帝横行四海扒，魔矛乱戳犯中华。

清廷没落无力抵，匪夷贪婪有意挖。

宝地瓜分传数代，尊严丧失度几衙。

今宵降米升旌帜，邓帅江公万众夸。

（十五）

乱世红尘懦弱夫，船稀炮缺受欺侮。

列强侵犯随心占，众孽瓜分肆意图。

月月年年皆盼复，朝朝代代俱思吾。

如今再就回归梦，澳市繁荣万代舒。

（十六）

百年奥运铁花开，万众友朋羡誉来。

竞赛虽酣情义重，健儿争霸冠军台。

相约世博圆幻梦，欢聚春江展富财。

泱泱古域雄风烈，引领环球屹首排。

滚滚铁流耀国辉

——祖国六十华诞大阅兵颂

金秋沐浴艳阳天，喜庆东国六秩年。

万域凝神皆注目，全民聚乐尽开颜。

莺歌燕舞鹅吟唱，木盛花红草秀鲜。

五岳三山齐扮靓，九州四海胜公园。

三军统帅屹天楼，国运兵威望眼收。

伟壮钢城图有势，雄宏铁浪阵无头。

心长语重勤呼慰，意暖情深爽诵呕。

领袖轻挥随运作，主权捍卫善谋筹。

军歌阵阵壮心怀，步队雄兵似剪裁。

横竖成行棱角锐，正方有序匠工排。

脚举撼地摇山岳，令示惊天慑豹豺。

狼虎轻举侵寸土，临终必赴断头台。

机车列队壮军威，铁阵成排耀熠辉。
高炮昂扬霄汉惧，钢坦冲刺地宫悲。
卫星射日苍空荡，导弹穿云寰宇飞。
玉帝心惊忙遁避，阎王肉跳忘回归。

九霄战燕顺风冲，万籁欢欣寄望中。
道道银云甩尾后，条条细迹映晴空。
队形似箭成人字，气势如矛媲电匆。
若是敌家偷冒犯，有来无去丧归程。

英姿飒爽气雄纠，豪意巍然冲斗牛。
未涉沙场先列阵，已抛朱粉再遮羞。
堂堂壮士三分逊，凛凛威风五体留。
安使神州归一统，天穹半壁莫能丢。

世纪阅兵气冲天，军威国度展新颜。
炎黄华裔扬眉宇，盟友佳邻吐赞言。
忆昔列强施暴日，今观东亚盛祥年。
开来继往求真谛，自古枪杆打政权。

统帅情长意气豪，千军万马任呼召。
英明策略安天稳，至理规章厉伍高。
北战南征平祸乱，东剿西讨制魔妖。
豺狼若敢铤而险，十亿神兵定不饶。

咏怀老一辈革命家

开天辟地换人间

——颂毛泽东主席

领袖超凡壮志坚，开天辟地换人间。
镰锄紧握孕基地，刀斧频举育政权。
铁脚掀通金色道，钢拳捅亮艳阳天。
豺狼吞噬成春梦，万里神州旷世圆。

砸碎监牢获自由，千年疮痍尽重修。
强兵富域争前列，创业安民竞上游。
缚虎降龙平宇海，擒魔捉鳖兴环球。
秦皇汉武天宫叹，宋祖唐宗地府羞。

建国强军盖世雄

——周恩来总理颂

处世无私全奉献，终生矢志尽为公。
青春炽映家园碧，烈火熏陶战地红。
湘赣举旗除暴政，延河动戟斗倭熊。
从戎敬业心神碎，兴域强军盖世雄。

内务繁忙熬脑髓，环球外事费神精。

黎民饱暖时时记，政策难题件件清。
叛孽谋权逢斗士，妖魔祸乱遇敌星。
遗言遍绽常青卉，万里神州永朗晴。

有口皆碑赞修养
——咏刘少奇主席

初辞茅舍觅真理，壮志揣怀进矿园。
锻铸锤镰劈旧宇，制筹枪炮振新乾。
白区征战抛身肉，红域操权育俊贤。
创守江山多患难，铭文刻骨尽良言。

实践从来先理论，高堂位显更遵行。
亲贫问苦沉基处，究底追根戒假情。
世纪风云袭愈健，人间魑魅陷犹赢。
青诗应是平民写，漫漫长河谱贵名。

不朽英名震宇寰
——朱德元帅颂

当年军阀任胡为，北战南征充炮灰。
窝斗频频灾祸重，家和漫漫吉祥微。
半途改道辞长夜，中季掺红览近晖。
敦厚赢人持帅印，开天辟地任施威。

扁担美名天下传，身先士卒度难关。
草根树叶暖肠胃，贼寇恶狼裂肺肝。
统帅千军平四海，挥师万马战"三山"。

朱毛盛誉环球荡，不朽英名震宇寰。

赫赫功名岁月裁
——彭德怀元帅赞

世纪红尘破雾开，南乡蒙难育军才。
宏图制立雄风展，义帜飘扬勇气排。
铁马金戈惊宇厦，忠心赤胆慑狼豺。
南征北战平生事，赫赫功名岁月裁。

秉性刚强难苟附，投书万语尽真情。
丢官降责身尤贵，卸任沉心性愈清。
雹打红梅梅更赤，霜浇翠果果犹青。
重寻故旧忠魂事，概使英豪热泪倾。

奥运颂歌

（一）

当年懦弱任狼欺，万里中华不胜鸡。
遍地资财遭掠夺，全民骨肉受分离；
堂堂男士同犬类，靓靓婵娟作鬼妻。
辱耻千年何时灭，仁人志杰血缠衣。

（二）

金鸡奏曲斗姿雄，马列真神创大功。

虎睡千秋抛倦意，冤沉百世荡忧容；

陈时霸主沦阶下，昔日贫奴升道东。

万域台坛能夺冠，锦星赤帜更飘红。

（三）

平宽桌面舞银球，独马双王寺上游。

虎仔常同熊豹拼，强龙自与将帅纠；

瓢浇汗雨精神爽，气贯长虹冲斗牛。

夺隘开关全获胜，乒坛堪称第一流。

（四）

莫道花娘不似男，巾帼众杰战犹酣。

冷颜杀手无人敌，半世强娥斗志顽；

弱龄前锋羞洒泪，成年教练稳依山。

出征万场皆赢阵，夺桂增光数届蝉。

（五）

耸伟天巢气势宏，宽展宝席座无空。

风云聚会迎英杰，喜庆逢临待友朋；

远古文明展彩像，中华瑰宝亮长虹。

环球震憾钻研赏，恰似灵霄醉梦中。

（六）

春风劲助友人来，喜看东家霸擂台。
义气赢得天下客，友谊铸就栋梁才；
洋洋宇宙多欢娱，漫漫环球少痛哀。
展望神州腾盛日，苍穹万里涤尘埃。

上海世博会感怀

古来华夏受离支，五裂四分醒悟迟。
闭户锁国无技艺，挨侵受掠有羞耻。
传宗接代年年朽，换地改天岁岁痴。
家乱引得欺侮续，贫穷懦弱到何时。

孙蒋有志理神州，革命行医俱告休。
守护资财常脆弱，操持革命易骄踌。
投机篡政居心叵，炫耀兴家蓄意抠。
腐败无能贪不厌，民穷国瘁铸耻羞。

一轮红日亮东方，盖世毛公志愈刚。
辗转农家勤调考，周游工矿费书章。
秋收举义封湘赣，星火燎原度井冈。
北战南征挥锐剑，驱剿虎豹猎豺狼。

五星旌帜漫天飘，东亚醒狮尽舜尧。

奥运才称雄道主，世博又架友朋桥。

神州瑰丽鲜天下，寰宇奇珍甲古标。

今日欢呼新盛典，昔时苦难应知晓。

不朽青春驻世间

——影片《毛泽东和他的儿子》观后

（一）

领袖超凡不万能，平凡肺腑伟人功。

开基创业剐身肉，治世安国尽孝忠；

襟揣九州昭日月，晴观四海沐霜风。

皇王霸主降阶下，猎猎旌旗展宇红。

（二）

作则凭身力最坚，风行禁止令当先。

居高不弃基层土，位显常聆民众言；

浪漫终生多献舍，功居绝代少清闲。

宏勋伟业何须记，不朽青春驻世间。

学习《邓选》三卷感怀

（一）

魁星陨落怎撑天，特色锦文柱宇间。
捍实情怀镶字里，求同意愿跃行边；
当年战场军无败，此日谋参计有缘。
可叹陈时封闭日，光皇有步更难前。

（二）

耄耋身躯亦未闲，巅簸万里续新篇。
深情暖意胸中系，重语长心肚里连。
教诲谆谆言胜玉，筹谋切切策如仙。
神州十亿得机遇，华夏欣逢大有年。

邓小平百年诞辰纪念

（一）

生辰喜遇纪元初，幼日方览启蒙书。
东欧留学求至理，神州入党觅真符。
枪林弹雨征天下，入死出生锻幸福。
三降三升何所惧，波澜壮阔绘宏图。

（二）

微微星火可燎原，自古枪杆打政权。
领袖真经融肺腑，战争实践配机缘。
进军大别生而死，逐鹿中原苦又甜。
以少敌多传捷报，皆咏刘邓赛神仙。

汶川大地震杂咏

灾难无情

初夏午时正累劳，汶川地动伴山摇。
房摧屋塌琼楼垮，地裂山崩气浪嚣。
数万平民埋废墟，成千市镇化云霄。
家园锦绣霎时毁，目睹惨景泪倾抛。

高层决策

旷古灾情寰宇惊，高层决策令风行。
主席运作三军捷，总理操劳四海拥。
遣调精兵援救快，筹谋重物御灾灵。
欣晓政府转观念，建树亲民服务型。

军警救援

中华卫士素能征，伏虎降龙战必赢。
革命挺身擒震魅，遵规放手救生灵。
钢拳铁脚磨砂石，义胆忠肝炼挚情。
填海移山舍命斗，伤亡谷里铸芳名。

领导亲情

灾魔震撼亿人心，统帅牵怀慰抚亲。
帐篷生产签令状，板房急制住灾民。
辛劳总理重巡察，稳重主席再视巡。
调济粮油盐酱醋，输施凉暖热寒温。

抢救生命

官兵震场逞英豪，抢险抗灾斗志高。
夺路开行凭猛奔，扶伤救死赖勤创。
存亡之际挺身进，祸难关头舍命劳。
砥柱中流谁胜任，三军战罢盛名彪。

哀悼同胞

神州十亿共悲哀，赤帜呜咽降襟怀。
树木垂枝思逝者，河江奏曲敬吾侪。
声声呐喊激魂魄，家家呼嚎长志才。
八万英灵回眸笑，神华快列向前开。

咏志愿者

临危受命聚灾乡，素不相知侠义长。
灭祸消灾同救死，降魔伏怪共扶伤。
舍生弃活水难饮，夺秒争分食欠香。
待遇工酬置脑外，唯图灾后共安康。

社会募捐

暑季川西灾祸连，神州有难四方援。

天涯共振友谊臂，地角齐赠救命钱。

妇孺情长敞肺腑，男儿义重亮心田。

溪流汇涧成河海，友善中华涌惠泉。

咏玉树地震大救援

天翻地覆震魔嚣，华夏同心救难胞。

总理兼程巡难境，平民继夜展真招。

三军抢命施才智，四海赠金逞富豪。

更有前沿诸记者，传媒鼓劲更辛劳。

统帅公出万里行，环球彼岸细叮咛。

高空废寝谋良策，简室通宵理震情。

搜救军中冲勇将，征魔阵内闪精兵。

一方有难诸方助，玉树山川绽笑容。

庆农民免纳农业税

中华农户遍村乡，自古耕耘必纳粮。
杂税如毛烦脑髓，苛捐如织压肩膀。
官绅相护勤讨债，地痞勾通骤索仓。
过节逢年须供奉，辛劳苦尽受悽惶。

崭新世纪喜盈民，华夏乡间处处春。
赋税千钧全化雨，摊资万缕尽飘云。
健身常有医疗费，花甲定享养老金。
岁岁耕田得补贴，神州农户进福门。

咏西部大开发

中南海里费谋筹，西域疆原心底收。
贫困根深须掘发，富强源短应挖求。
资金匮乏优先予，技术空白勤探究。
众志成城图庶盛，援疆故道尽丝绸。

孤烟大漠置何方，落日长河见证忙。
林果滔滔荫瘠蜕，庄禾滚滚滞薄藏。
铁流驰骋山巅奔，钢水翻腾原际滂。
玉宇琼楼随处见，风催西域变天堂。

151

抗洪抢险赞歌

仲夏神州不测天，风云变幻异空前。
倾盆暴雨通宵降，倒海山洪盖地淹。
骇浪惊涛狂掠噬，民生资产漫吞湮。
欣由统帅颁军令，迎战灾魔佑乐园。

三军应调战洪魔，勇往直前斗浪波。
生死关头迎险恶，存亡时刻报阎罗。
挺身救活归天命，放手堵牢决坝河。
南北东西皆告捷，和谐苑里奏凯歌。

抗旱战歌

春来华夏艳阳天，无道龙君送世缘。
布雨行云云缺水，刮风扯雾雾余炎。
千顷瘠地千顷裂，万里荒滩万里闲。
人畜饮餐均受困，民生国计遇缠绵。

大旱弥天似令传，举国奋起战声酣。
铁军悍勇冲前阵，民众匆忙顾后滩。
地穴挖泉先救命，天宫素雨再排难。
山南海北赠晶液，斗败龙君肺腑甘。

锄 田

夏日天长炙气炎，农夫冒热跪锄田。
刀尖闪烁土尘熠，草絮翻飞根系蔫。
汗滴纷纷频洗涮，光源烈烈肆熬煎。
盘中餐饮千金贵，粒米颗颗苦后甜。

植 树

春风拂面气清闲，党政军民植树田。
官似生龙挥镐撬，民如活虎舞锹填。
松青入土千秋翠，柏艳埋沙万载鲜。
此日栽移芳卉在，明朝无处不香甜。

慈父颂

（一）

生逢乱世歉收年，养就倔强品性坚。
祖辈耕耘勤践苦，爷孙涂炭偶尝甜。

家贫未有求学时，国弱常无展志间。
抱憾终身双眼暗，唯凭苦力种薄田。

（二）

倚天作就碗中餐，置马添车输运醋。
春夏河滩勤割草，秋冬套里惯跑班。
青芦售换收白面，煨炭招来麻布衫。
月月年年常反复，辛劳不歇度饥寒。

（三）

好人好事贵久行，怎奈苍天理欠公。
半路双驹遭寇劫，中途两子遇疾瞑。
仇冤积聚何时报，善恶相缠哪日明。
腐败官僚休指望，翻身只盼润芝翁。

（四）

东方骤亮满天红，匪寇消亡喜气冲。
育女生儿享逸乐，安居创业展青春。
省吃俭用求学勇，集志凝神务艺匆。
八秩身躯犹奋健，晚年膝下绕儿孙。

贤母咏

（一）

籍在山根水涧旁，激流冲石性柔刚。
幼年窘迫无书念，豆蔻宽松有苦尝。
裹足安家承重任，倾心育子作亲娘。
艰难岁月艰难烈，岁月艰难岁月长。

（二）

弱小身材力势单，操持家务御饥寒。
猪鸡圈养掏芫菜，牛马舍饲铡草杆。
吃喝拉撒全料理，人禽牲畜尽招安。
婴儿若是床边泣，布带裹腰后炕栓。

（三）

养儿防老意识浓，接代传承继祖宗。
连育双公缠病丧，重生四子保功成。
广资积蓄谋文艺，聚注精神揽务工。
深信万般皆下品，挚知唯有念书红。

（四）

衣裳新旧逾三年，缝补日穿又过千。
淘米熬粥留半把，烧柴作饭剩一杆。
早起早睡忙家务，勤手勤身置暖园。
怎奈灾魔无悯意，未逢花甲早归天。

消夏杂咏

唱　歌

人逢喜事亮歌喉，清脆嗓音荡九州。
语重情长抒壮志，心宽意广涤积愁。
玉波熠熠童男愧，银浪闪闪仙女羞。
盛世太平安逸乐，酣声飞沐玉皇楼。

观二人台《走西口》

轻纱彩幕自掀开，兄妹飘移驾瑞来。
启齿吟成思婿曲，亮腔诵就恋乡台。
陈词慢调柔心魄，旧韵新声厉志才。
唱至悠扬悦耳处，鸳鸯情侣泪沾腮。

画　图

笔走龙蛇豪墨涂，千山万水入画图。
心胸广阔凝方寸，意境深沉聚汗珠。
肺腑藏言皆润色，肝脾纳志尽泽书。
精描细绘耗心髓，锦绣风情永畅浮。

消　夏

骄阳似火照人间，大地干焦冒紫烟。
酷暑浴袭难泄热，艺文娱乐易消遣。
歌音漫宇撒凉法，舞步掀宫播逸闲。
弹唱吹拉齐献技，妪翁老幼俱欢颜。

梅力更游记

（一）序曲

明山秀水哪方寻，深入西郊景诱人。
瀑布飞流银灿灿，岩松挺立绿茵茵。
野花开放香娇客，铁索攀援惊壮心。
登上峰巅抬眼望，田园牧场漾青春。

（二）胜景

青山绿水任游观，梅力更园景致宽。
银瀑沟间腾碎浪，苍松峻顶蓋凉冠。
游人簇拥攀岩苦，客轿排龙取道难。
乐海滔滔流画卷，新乡春色累睛寒。

（三）康熙饮马潭

清代明君代叛番，征途幸遇圣泉滩。
刀枪剑戟施威烈，夷寇匪氓丧甲惨。
治乱安邦频私察，扶良除暴尽昭然。
潜心勤政花甲逾，华夏升平盛誉传。

（四）青松

身存仞缝抹青天，壮伟苍松耸雾间。
醉傲风吹依笔挺，逍迎雨泼伴冰眠。
萌芽懦弱穿岩逸，嫩树坚强扑鼻鲜。
叠翠千秋难改色，清醇赢获众佳言。

抨击八种社会病

（一）

弄虚作假变官油，颠倒是非闹不休。
数字出官黑白换，官出数字美丑揉。
沽名钓誉欺瞒骗，冠冕堂皇诈拍溜。
利令智昏编政绩，招摇过市乱吹牛。

（二）

嫌贫爱富笑清廉，寂寞难循唯羡钱。
执政图财寻腐伴，施权贪利觅豪爷。
官商勾结称兄弟，狼狈相通亦忠奸。
诱惑临前魂魄散，心灰意冷丧尊严。

（三）

以职论价鬻爵奇，上下跑官浊浪起。
吏治疏松生腐败，权场紊乱现歪棋。
会请善送台阶上，不送免请职位低。
整富须得调干部，公仆形象甚迷离。

（四）

骄奢淫逸作风飘，梦死醉生志趣娇。
妻妾成群包侣奶，盘牌频伴会情姣。
三宫六院犹嫌寞，昼乐宵欢未解聊。
纳垢藏污浊腐气，熏陶政务染同僚。

（五）

雁过拔毛虎过寒，吃拿卡要费心肝。
不得好处难成事，收受私财易变馋。
巧立名堂常索贿，多番摊派乱开单。
阴脸难看门难进，百姓难言苦不堪。

（六）

当官弄鬼且装神，不信科学信巫人。
拜佛烧香观命运，咨询问卦看家坟。
吉凶成败凭仙酌，福祸迷津赖魅斟。
走火入魔风水贵，施权政务混邪门。

（七）

新权不喻地天空，姿意妄为摆阔风。
克扣薪金敲骨髓，摧残贫贱诈劳工。
欺任霸市强凌弱，作歹为非富压穷。
腐蚀官员拉下水，婚丧嫁娶任胡行。

（八）

群言渐变一言堂，鸦雀无声独戏吭。
置若罔闻烦众诛，飞扬跋扈忌医康。
刚愎自用高居乐，讳疾绝诊厉治狂。
单鸟孤鸣专制化，公开民主淡无光。

迎新四题

紫气东来新万象，纷纷银雪报佳情。
滔滔大海吟容翠，靓靓青山舞意灵。
赤地茫茫披彩绣，荒坡重重挂银屏。
风调雨顺千城怡，国泰民安万镇宁。

领导身心忙政务，胸腔怀念尽民情。
米囊饱满无忧患，菜篮鲜丰有太平。
解困扶危图富裕，消灾抑祸愿安宁。
休言上下分离事，喜看公仆再塑型。

众杰描图开视界，远景展望更新鲜。
高楼大厦亭亭立，厂矿车间座座连。
秣马强兵迎旺纪，养精蓄锐度丰年。
中华健将从头越，不尽曙光耀世间。

暖煦春风温肺腑，来年重任尽担肩。

161

清廉执政天心顺，创业维艰进取先。
乐逸清闲须戒蜕，歪邪祸乱应围歼。
举邦绘制新图像，共贺神州迈向前。

焦裕禄精神赞

中原七品素识高，志在沙丘昼夜劳。
正气融身邪未近，清风入袖浊已逃。
功昭日月歌勤颂，绩感黎民泪常抛。
不朽芳名垂万古，青松永翠赞英豪。

农村新事拾零

旧貌残垣四处寻，始终急煞故乡人。
弹指跨越花甲季，惊见乡村满目春。

琼楼宇厦富人居，百姓今朝任可栖。
茅屋风摧已作古，厅堂剑阁不新奇。

糠窝曾作半年粮，米面餐时尽称洋。
喜看今时新菜谱，山珍海味欠甜香。

千村万镇谁挂麻，俊男靓女美如花。
丝绸彩缎寻常用，革履西装进户家。

老牛破车路行难，小道蜿蜒泥水缠。
此日乡间皆硬化，通行四海畅无拦。

银屏入户喜闻来，万院千家有舞台。
足食丰衣何足道，精神焕发脑筋开。

城郊经贸文化夜市杂咏

文化夜市

夜半古城耀眼明，疑为玉帝聚群星。
笙歌舞曲冲霄汉，驱涤疲劳烦恼清。

歌咏比赛

蒙汉连亲意气昂，青春少壮共高吭。
乡音鼓迟凌云志，万众同途奔小康。

露天晋剧

苍穹作幕土为台，将相皇王乘兴来。
治暴安良消积怨，功勋胜败任仲裁。

舞友聚会

似水灯河亮影摇，迷人乐曲宇寰飘。
轻移碎步身心健，众友欢歌聚夜宵。

露天电影

银屏狭小贵千钧，博览环球贯古今。
戴月披星随意赏，平民任乐甚开心。

象棋比赛

兵戎对阵界河旁，运筹图谋将帅忙。
夺隘开关车马炮，雄军相搏胜为王。

图书阅览

天涯学海历坎坷，探秘书山费诵哦。
敕勒帼须怀壮志，神州敢谱创新歌。

书画展览

山川墨染案图新，笔戏龙蛇牵万民。
塞外疆原无尽趣，诸家正可用专心。

商业摊点

琳琅满目尽新鲜，百货千科品味全。
老幼公平勤买卖，四方调运价优廉。

座腔对唱

男婵嬉戏任歌吟，最是悠扬哭唱情。
笑语欢言皆致趣，忧思喜怒俱飘穹。

瓜市品鲜

滚圆体质嫩红瓢，爽脆清凉暖胃肠。
入口醇香融肺腑，舒情畅意透心房。

夜餐小吃

塞外家餐品味醇，香甜扑鼻贵远闻。
人犹未坐殷勤至，食罢余鲜暖胃身。

观二人台

千秋口技荡民间，四季红梅永翠鲜。
裂肺鸳鸯西口事，留遗后世万宗言。

游小公园

勤劳体乏累周身，结伴游园万象新。
水柱银泉频绽卉，宽坪草碧树荫深。

体育比赛

天高气爽月如钩，健将争雄热汗流。
上阵施才求胜负，增强体质扮神州。

组委会赞

筹划周全显效真，操劳昼夜费心神。
平台搭起传媒疾，富裕急光引路人。

春耕诗草

支农队进村

枝头老鹊傲音喳，富裕村民喜自夸。
香茶奶酒高杯饮，丰盈面颊绽红花。

送肥下乡

油光阔道汽轮飞，厂字旌旗响亮吹。
产品滋泽粮畜旺，工农自古系亲媒。

科技培训

村民济济入书堂，领悟传经盛意长。
酒饭倚天成史话，神能技艺谱新章。

冬灌春浇

机船欢唱韵音长，万顷良田输液忙。
旱地皆能享水利，逢年逐户售余粮。

筛选良种

凝神注目任选排，汰劣留良逐粒晓。
自古儿肥需母壮，佳田尚聘艺师疗。

顶凌播种

寒凝大地破冰凌，旷野隆隆播种声。
四海披青皆秀色，乡村播绿绘新春。

乡村黄灌区纪行

黄灌区极目

莫道南天属窘乡，遥观四野绿无疆。
金风送爽秋收日，菜粟油糖遍地香。

落实政策

京华再度送佳音，僻地家家话革新。
政策滋心人有志，黄沙必定化成金。

引黄浇麦

连天麦浪荡青波，碧海茫茫系大河。
炎夏浇田输玉液，秋时必定储粮多。

咏乡村干部

乡官掌印万民随，服务基层养素肥。
执政唯求真善美，家园事业再腾飞。

集资办砖瓦窑

众手资财铸瓦砖，同心构筑富民船。
乘风破浪朝前驰，勇度康园福乐关。

盈利销货员赞

两避骄阳服务农，油盐酱醋送千门。
勤销少利多为上，顾客常临格外亲。

科技服务站

净面书生品尚高，乡间授艺逞英豪。
为图农户逐年富，昼夜身忙肺腑劳。

乡镇领导干部

蒙汉同心意气投，勤劳致富竞风流。
穷根拢去春常在，共替国民免顾忧。

铁路客运之歌（一）

263/4 次女子车队乘务员赞

热血青年胆气豪，远程往返愿京包。
晨还夕发尝甘苦，暑去寒来受累劳。
服务岂怜心脑损，兴国怎惜艺才耗。
平凡职守品行贵，敬业艰难志向高。

1484/3 次汉口车队颂

俊女雄男志趣高，投身乘务逞英豪。
栉风沐雨春秋度，戴月披星冬夏熬。
汉域钢城勤运转，江南塞北费辛劳。
功名利禄九霄去，赤胆忠心献舜尧。

咏 1717/8 次成都车队乘务员

西南客列万城行，蜀地疆原两相亲。
服务诚勤连纽带，操劳热切注浓情。
悠扬乐曲催人逸，可口香餐保胃宁。
往返如家归去乐，何思利禄恋功名。

题赠 1815/6 次列车员工

冬闲客座未知寒，越渡平原跨峻山。
靓女情多忙服务，俊男意暖应访谈。
陈时业绩无披露，现日功勋不外传。
清秀车官惜岗位，忠贞守职善领班。

内蒙古铁道报创刊 50 周年志贺

铁报传经五十秋，双轨动脉贯神州。
弘扬好事增朝气，展示宏图添燃油。
笔墨精书勤斟酌，编排碎刻细研究。
劳心沥血咬嚼遍，创美花香冲斗牛。

铁路客运之歌（二）

喜咏北京/兰州嘉峪关 44/3 次车

古有丝绸进漠滩，今通铁道畅京兰。
迢迢异地欣然至，眷眷乡亲喜笑还；
俊秀车官工絮杂，巾须务卒事纷繁。
资援急难寻常遇，旅在三冬亦未寒。

赞兰铁局嘉北一组郑福英车长

新春寄稿赴青城，幸获婵官软座赠。
贤慧巾帼勤予暖，热流汇涌遍周身。

赞包头站值班站长张玮

巾帼站长爱心真，重任担肩肯助人。
不避千难求万理，精神嘉贵百年春。

咏东胜至北京西 573/4 次客列

鄂尔多斯属富乡，疏通铁道庶边疆。
朝开夕至依章运，喜去欢来照规翔。
弱龄乘员怀愿美，聪伶车长寓情长。
群民任旅程途顺，汗洒千番梦亦香。

包头至广州 598/7 次列车赞歌

秋高气爽净蓝天，北域江南赤线牵。
车长真情为旅客，员工挚意创优先。
窗明几亮心舒畅，被洁床平卧具全。
万里行程岂感累，终点辞别尽开颜。

1815/1816 次乘务员列车长颂

鹿城始启驰关东，夜以继日辛劳中。

严寒浴身浸冰雪，酷暑炙心沐雨风。
夫妻儿女少团圆，旅客乡亲多颂崇。
默默奉献终生碌，共睹实绩该授功。

时 政 感 怀

（一）

红梅吐蕊雪莲飘，喜鹊高歌紫燕聊。
艳艳朝阳勤送暖，姣姣秀月任施娇。
星辰怯胆微微乐，织女排忧细细瞧。
志士开怀谈政事，中华十亿尽为尧。

（二）

宏章若号亮如珠，夙愿精明应疾书。
汗染河山描美画，心攀宇殿绘通途。
疆国割裂皆陈话，骨肉团圆再复苏。
翌日军民齐奋进，神州定展百花图。

东行诗笺 （一）

登天安门城楼

辉煌悦目耸青天，玉宇琼楼愧美颜。
细刻精雕施艺绝，轻描碎绘逞工鲜；
皇天莅会平天下，黎庶临谋改世间。
可叹君臣均作古，中华史剧众民编。

咏首都新貌

松柏常青四季葱，京都秀色在瞳中。
楼林栉比顶天立，车水分流按道行。
四海朋宾情谊汇，五洲友客贸商通。
振兴神域千秋计，十亿中华奔大同。

赞东北同仁

东北同仁意气豪，胸腔燃火热情高。
初逢相叙肝脾映，久识交心肺腑抛。
妙在忙中传技艺，巧从空里展勤劳。
赠言馈物归时带，海角天涯尽友胞。

观承德普宁寺

世事飘茫若戏纷，神州几度合而分。
投戈破域摧民意，舞剑亡亲丧理伦；
治乱安邦须锐戟，振家兴业赖能人。
开来继往和为贵，铁铸江山万代春。

咏承德避暑山庄

崇山峻岭绕边周，避暑山庄眼底收。
郁郁青松杨柳翠，淙淙细水草花稠；
峰巅亭阁溪间闸，石面厅堂崖畔楼。
冬暖春凉依序替，苏杭媲美似知羞。

览保定白沟市场

千里迢迢觅市场，白沟之道敢称王。
摊台有序挨排密，门市无栏布阵长；
商贸流通生意兴，财团汇聚路宽广。
谁言乡镇作为小，华夏新村美誉扬。

东行诗笺（二）

访宁城老窖酒厂

美味琼浆在哪方，宁城老窖盛名扬。
清香入口心神逸，醇气融胸体魄强；
健悍酒工酿玉液，宽平库区荡鲜芳。
人均利税同行首，岁岁皆书锦绣章。

县市报刊会议赞

无冠七品聚山城，畅仪文言语意诚。
频诵经章晓特色，精嚼策略展前程。
书林获益谋新事，稿丛寻源猎异风。
莫道期刊无大作，千秋伟业逐年蒸。

闲暇登山

路若羊肠尽绕弯，坡滑石硬阶履难。
辛勤自在能成事，峻岭常须勇气攀。

远观牧羊

望断重峰荡紫烟，白云似絮缀山间。

飘游坡凹寻青草，体壮膘肥美味鲜。

歌咏青松

险峻维艰缝仞居，坚冰铁雪遍身披。
雷轰电击难消色，四季常青着翠衣。

喜赞翠柏

深山隐匿缝中生，叶茂枝繁色醉人。
露雾风霜饥渴解，留得香郁世间闻。

全国农业劳模颂

（一）

默默耕耘四秩秋，荒山汗渍润丰收。
胸怀烈日丹心炽，烤遍粮田炙瘠丘。

（二）

自古乡民惟赖天，而今世事变新鲜。
恒心锁定愚公志，敢在沙滩播树钱。

"三苏园"吟歌

(一)

漫眺中原满目光，"三苏"圣地喜闻盈。

千顷熟麦翻金浪，万里良园汇碧坪。

商贸繁荣赢宇海，工农旺气败雷霆。

名言脍炙谆宗辈，锦绣途程耀眼明。

(二)

"三苏"地阔技能全，绝代文豪俱似仙。

律句千秋声永驻，诗章万载韵长延。

清心格调酬新志，激脑歌吟涤旧颜。

可喜同仁知艺道，精神富裕绘宏篇。

(三)

佳园宝海社风高，哲理师德教尔曹。

沃野酿繁诸贵俗，清风沐浴众芙豪。

廉官务政功勤树，市貌容贤绩累劳。

慨叹群雄广纳萃，民生伟业定修牢。

注："三苏园"即苏轼、苏辙、苏洵的墓地隶属于河南省平顶山市。

七绝·题赠刘云山君友

金猪盛意夺天时，职场玄机未可知。
帅印从来归胜者，忠诚进取莫疑迟。

咏土右旗建呼包鄂区域中等城市

背倚青山西傍河，龙蟠虎踞矿源多。
乌金储备燃能富，银水洪流晶液涡。
糖菜粮油桃杏李，豕羊渔兔马牛骡。
城乡更兴双人艺，地北天南响脆歌。

地理得天霸位中，资源广博特产丰。
攻关幸有领头雁，开道依凭勤务公。
队伍坚强成诸事，乡民达理助劳工。
千军万马连宵战，众志相凝可筑城。

哀悼名医王富兄谢世

富兄谢世逼人哀，硬饼穿肠理不该。
自幼经医晓保健，由衷炼体善消灾。

交朋履实诚心处，举事求平挚意裁。
淡泊功名图乐逸，终身无憾化尘埃。

咏舟曲特大山洪泥石流灾害救援

暑期暴雨噬人间，僻县舟曲震地天。
成栋琼楼埋废墟，鲜珍生命丧阴泉。
中南海里谋良策，军警营中启重拳。
夺秒争分排险难，温情至爱送心田。

党员队列跃灾乡，险峻丛中闪袖章。
救死扶伤头阵战，舍亲忘戚后勤忙。
长空巨燕输资讯，铁道专车运物糠。
四海同胞齐济助，八方友伴共扶帮。

哀悼王文兄辞世

骤悉文兄跨鹤归，舒心突瘁泛伤悲。
枉凭聪慧前程淡，空有经纶远景亏。
阔父恃才门道错，贫家仗义过功违。
安分守体终生碌，定论盖棺少是非。

萨站巾帼应居功

江河湖海铁网系，南北东西动脉通。
莫谓萨站无英杰，客运木兰应居功。
餐饮风雨兼雪雹，度熬春夏并秋冬。
日夜送迎四方客，废寝忘食廉洁存。

七绝·土右电厂颂

（一）

土默川原万物骄，右存鸟宝左飞滔。
电能升帐百家盛，厂兴旗荣世代袅。

（二）

千夫益事贵源能，古往今来未告功。
传唱佳音民意沸，万人咏颂赞李公。

赞呼和浩特火车站软卧员工

呼铁客车线路长，软席服务甚繁忙。
准时报点绝延误，盛意迎乘添瑞祥。
沸水暖心常可饮，沙发消累素能享。
终年积月勤行善，四海驰名美誉扬。

赠包头市人大常委会主任张俊华

降生敕勒性强坚，思汗襟怀染血缘。
起步基层凭敏智，骋驰职场赖优贤。
为民广作劳心事，务党尽书累脑篇。
创建文明甘献力，监管府院乐承肩。

七律·丽可医疗器体验中心赞

理疗丽可甚开心，笑语欢歌气象新。
热灸推拿消疾患，交谈置腹会乡亲；
师徒服务儿女义，社长传经火热情。
职场相争凭信誉，前程锦绣耀眼明。

中国喜来健萨拉齐体验中心开业

秋高气爽喜盈临，敕勒川原日月新。
老少人谈康健事，繁华市设理疗厅；
医官语重心神怡，护士情长肺腑亲。
此处欢迎勤体验，单缘病害毒如林。

赠内蒙古党委常委、包头市委邢云书记

鄂尔多斯初晋升，钢城逐鹿又出征。
标兵远距追兵至，大笔轻挥巨笔沉；
引项招商财路阔，强工富市业源生。
勤手浇活文明树，继往开来福后人。

咏《包头日报·民声在线》

鹿城报苑汇民声，济困扶贫警世人。
北域南疆皆友善，天涯海角共公平。
妪翁老幼无歧视，丑恶尊卑有至诚。
俯首甘当清道舌，天文地理貌容新。

赠医护员刘小姐师友

体验馆中初识刘，天真浪漫似无忧。
开心宣讲传科技，服务公平弃耻羞。
病案周边亲父老，诚情意里竞风流。
青春奉献无恩怨，俯首常如孺子牛。

包头新华保险公司服务台女工赞

青春靓女务银台，昼夜繁忙展志才。
琐事搅缠无厌恼，真功磨励有名牌。
精工巧艺手头过，和煦暖风扑面来。
细略筹谋循至善，归时客户笑颜开。

敕勒新韵

词

沁园春·颂歌献党

（一）

湖面轻舟，宛若闲漂，其实莫然。喜舱中聚俊，议题宽展；拯民救世，挚烈非凡。立地顶天，翻江倒海，从此中华倚靠山。斗争炽，望崎岖生路，壮阔波澜。

头颅碧血滚翻，忆往昔心酸肺腑寒。痛仁人志士，捐躯献骨；豺狼肆虐，任意摧残。血雨腥风，刀光剑影，革命轻排生死关。播星火，漫神州瘠地，终可燎燃。

（二）

军镇南昌，失所流离，马乱兵荒。众黎民涂炭，鸡犬难卧；百官愚腐，世态悽惶。老帅周公，替天行道，勇夺江山首射枪。义旗树，喜四方响应，怒海讨蒋。

秋收暴动飙狂，率镰斧毛公上井冈。辟根基坚实，为民分地；兴修乐苑，酿造天堂。好景多磨，敌顽凶险，残暴围剿恶胜狼。谋吞噬，欲除根斩草，杀尽屠光。

（三）

南域掀潮，杀气腾腾，掘地为牢。看红军转战，求生改道；长征路窄，精力多耗。涉水翻山，攻关夺隘，遵义城头再树毛。转机贵，喜党军得救，前景昭昭。

四游赤水先招，吞草雪铁军志愈豪。彼瀚无人至，鸟飞不越；草根树叶，全御饥劳。堵截围追，水陆空并，万除千难皆遁逃。延安幸，奠国家基业，劳苦功高。

（四）

倭寇横行，作孽"三光"，万众不屈。叹蒋家腐败，无能为力；丧权割地，众叛亲离。幸有朱毛，同仇敌忾，抗战前锋擎帅旗。全民动，挫顽敌胆魄，寸步难移。

运兵太岳山区，布长袋平型关隘奇。引兽群觅死，威风扫地；抛头泻血，狼狈如泥。华夏男儿，为国争光，随党歼敌勇献躯。八年拼，喜江山万里，尽葬铁蹄。

（五）

抗战艰难，浴血疆场，国共相缠。抢八年战果，蒋家争占；掩人耳目，恣意和谈。聪慧毛公，超人胆略，亲赴刀丛求治安。同舟事，诉佳言相谏，共创江山。

主席远瞩高瞻，独裁者意非心未甘。冒中天不韪，再掀战乱。重兵集聚，骨肉相残。得道赢人，逆行失助，兵败如潮势愈单。美援尽，丧中华脊骨，气数耗完。

（六）

辽沈边关，军事中坚，战略前锋。有主席决策，关门布阵；蒋帮众孽，丧尽残生。百万雄师，不歼只困，都市平安归手中。诸贤俊，保六朝名胜，屡建奇功。

江淮战场争雄，看刘邓胸装百万兵。制顽敌僻处，相机扑猎；择群击破，胜状恢弘。飞夺江防，旌旗高树，蒋氏王朝短寿终。聚仁士，创开国宏业，万众欢腾。

（七）

红日东迁，满地霞光，万象重生。望天安门上，群星屹立；鲜红旌帜，笑傲苍穹。领袖宣言，宇寰激荡，十亿中华永矗东。国曲奏，伴炮声回响，震耳如聋。

铁流滚滚开行，战车队成排威胜龙。傲步兵悍勇，撼天震地；云霄银燕，飞掠长空。百姓擎旗，挥花翩舞，展示当家做主翁。开新页，睹神州明日，必愈兴隆。

（八）

土地均分，励富扶贫，耕者有田。贵养人数亿，餐衣如愿；广开工矿，国力强坚。图治精军，厉兵秣马，屹立潮头永向前。助良弱，赞亚非拉美，广济资援。

和平相处无间，邻邦护和谐膀并肩。喜普施"四化"，速酿康裕，造福民众，美饰家园。科技攀高，登峰越境，敢教神舟游九天。创宏业，率环球父老，同饮甘甜。

（九）

改革寻机，邓帅还朝，重辟新溪。废豆萁相煮，消除冤狱；同心创业，重点轻移。扶植勤劳，贤能首富，共奔康庄何羡西。享清逸，建大同社苑，当并阶级。

闭门开放先棋，招商贾引资效应奇。借高深学术，强兵富域；攀登峰巅，搭竖阶梯。着意民生，制章维稳，族众家和万事愉。难能贵，十亿家园暖，志壮心齐。

（十）

今日中华，意气昂扬，情暖志高。办百年奥运，倾国举力；健儿争气，榜列前矛。世博艰难，八方相聚，尽替神州展自豪。惊寰宇，四海皆兄弟，友伴如潮。

科学拓展成焦，人为本万民尽舜尧。若震魔肆虐，环球救助；涝洪为害，四海援撩。有病痊医，无儿保老，重负千钧党政挑。除嫌弃，有祖国砥柱，祸退灾消。

沁园春·祖国六十华诞颂

（一）

红日东升，光耀中华，六秩春秋。庆祖国花甲，古人敬酒；李白杜甫，争亮歌喉。孟老贤娘，跳离窘境，万里长城随意游。瞻容貌，颂江山锦绣，夸赞风流。

江南更显娇柔，引苏氏三仙来泛舟。有雄豪艳墨，精雕细刻；诗情画意，一醉才休。华夏姿容，古今奇观，重绘浓书犹未酬。莫松懈，待聚神添彩，响唱方遒。

（二）

一叶轻舟，飘荡湖中，舵手诞生。眺若渊漫漫，安争安斗？路途涉涉，何去何从？马列开河，刀枪出库，获胜唯凭毛润公。"三山"灭，喜神州天下，万紫千红。

挺身缚虎降龙，续经济振兴气势宏。阅耕田变革，稳农立业；厉兵秣马，"四化"成锋。奥运名扬，且逢世博，更喜飞船游太空。望明日，阔泱泱华夏，将更兴隆。

沁园春·烦赵宁转赠中国作协李冰、铁凝并创研部专家

花甲才辞,九秩匆逢,喜聚心房。贵中国作协,命题选秀;邀贤聘杰,编织华章。诸路师家,莅临谆海,评估扶持论证忙。同谋计,在神州阔苑,播撒春光。

老夫虽早离岗,丹心烈攀峰志愈昌。伴终生铁笔,频书勤撰;诵诗咏赋,美若天堂。清水衙门,微尘无染,斗胆遮羞把口张。为吟党,愿呕心沥血,刮肚搜肠。

沁园春·喜迎世博会

古往今来,华夏娇羞,历尽悽惶。幸孙毛治世,废除掠抢;舞戈挥剑,驱逐豺狼。锻造江山,疾施四化,骄矗中华敢作王。体坛胜,再宏举世博,分外繁忙。

事牵统帅心肠,万机隙抽身察现场。喜员工酣战,心欢情畅;设施至上,屹立东方。金界危机,从容应对,海角天涯百业昌。神州沸,处处披锦绣,尽绽春光。

锦堂春·上海世博会颂

（一）

曾几何时，神州似肉，豺狼肆意分烹。东掠平原，西霸峡谷青峰。海域疆长频占，九霄犹制航空。痛族仇国耻，权者昏庸，腐败无能。

而今吾侪当政，展宏观世博，百域尊从。元首亲临致贺，竞筑精工。盛世潮头屹立，上海城，更显神通。万象新兴繁活，友善人文，圆满成功。

（二）

国曲高吟，长空震荡，银珠愈展光明。统帅声昂，寰宇瞬泻欢腾。七彩灯花照耀，九州四海飞虹。伴轻歌曼舞，花月春江，秀景频升。

神州兴举世博，赖全国协力，物畅资丰。志愿超资百万，场阔园宏。宝贵稀珍齐列，世界美，更趋繁荣。"六字"情缘在望，友谊平台，万代兴隆。

沁园春·庆香港回归祖国

（一）

日丽风和，云淡空晴，喜阅江山。有北疆瑞雪，轻装巧扮；东方碧浪，频绘波澜。西域高原，尽皆秀美，唯缺南天港未观。长声叹，问大英帝主，何季归还。

毛周筹措多番，忱邓帅起落连续三。会诸方协议，述明姿态；诚请帼后，数次和谈。几代君臣，从容拍板，果断收回无尾缠。展明日，视同胞生意，五彩斑斓。

（二）

身在边疆，眼望春光，心系南天。喜旌旗招展，五星高耀；米形消失，万众开颜。歌舞升平，欢河乐海，齐庆香港获主权。回归梦，在当今盛世，终致完圆。

中华十亿君贤，叹往事心沉热泪涟。恨清廷懦弱，频遭屈辱；赔金割地，丧尽羞廉。虎豹豺狼，争锋蚕夺，宝地离娘逾百年。铭家训，必强兵富域，方保尊严。

满江红·祖国六十华诞感怀

华夏多灾，健儿悍平生涉猎。驱虎豹，举枪舞戟，波澜雄阔。镰斧开启新世纪，星火焚葬陈年月。树旌旗，奋起战三山，流鲜血。

兴国际，逢坡滑。魔魅践，情危烈。幸凭元勋力，富民强域。改革闯开强盛路，勤劳创就传宗业。继先贤，喜万里江山，坚如铁。

沁园春·新世纪祖国颂

先烈纷争，浴血抛躯，苦斗争权。废百朝帝制，强驱倭寇；勇裁霸主，美饰家园。平叛剿匪，治国兴业，十亿神州同庆圆。江山固，虽十年劫难，恰似钢坚。

飞舟直奔九天，喜揽月擒星只等闲。会体坛群俊，赛攀技艺；友朋相聚，畅叙情缘。抑霸扶良，布新除旧，六秩宏图万象鲜。莫懈怠，愿邦强民富，一往无前。

沁园春·祖国颂歌

多彩神州，水绿山青，草秀粮丰。喜驹欢犊跃，春光遍地；贾商聚议，满目欣荣。广纳财源，民生兴旺，万马争光齐奋腾。视新画，建中华乐苑，戒滥求成。

普天齐刹邪风，争奥运众口皆赞声。有体坛健将，足彪国力；边关勇士，更显威雄。海峡双和，澳港两愿，华夏子孙盼大同。莫迟懈，应再攀峰顶，大业恢弘。

沁园春·颂十一届三中全会暨改革开放三十年

玉果金风，祝捷春雷，同贺"三农"。念朝恩雨露，滋人心髓；富民章句，震地声洪。良策仙方，万全佳计，百岁宏基农牧稳。明灯指，看江山锦绣，无量前程。

今番重获新生，事改革擎旗赖邓公。息豆萁相煮，并肩创业；招资引技，同治贫穷。正本清源，求真培庶，力挽狂澜谋大同。新华夏，喜脱胎换骨，虎跃龙腾。

沁园春·咏抗洪抢险英雄

虎岁灾频，浪恶洪凶，覆地翻天。颂三军统帅，英明决策；刚强将士，一往无前。浴血捐躯，舍身拼搏，百日争雄获胜旋。擒灾魅，筑铜墙铁壁，力保家园。

劈风斩浪争先，施亮节高风只等闲。瞥危房垮陷，双肩支柱；难民失所，疾树蓬间。将死归己，留生于众，击退魔锋绽笑颜。宇寰赞，此神州福地，爱满人间。

满江红·咏玉树地震大救援

地动山摇，震魔虐，山城覆域。楼舍垮，电停水断，云悲风泣。噩讯传来华夏沸，亲情钱物勤援济。救生命，瓦砾缝中寻，磨肌体。

军奋勇，民资力。统帅励，总理恤。万众同心战，抢朝争夕。铁石钢筋缠血肉，死神活命交锋厉。宇寰好，大爱漫无疆，鹏程煜。

沁园春·赠中共包头市委常委、土右旗委书记李杰翔

艺广才豪，盛烈年华，龄弱志高。莅贫乡僻地，拓途开道；培祥植瑞，孕育强骄。招引资财，选贤纳俊，成项频频显效牢。衮川兴，喜山原河畔，日渐丰饶。

电煤刚启初潮，筑城市再掀锦彩涛。望琼楼玉厦，顶天入宇；商庭住宅，蠡列前茅。阔道宽长，四通八畅，松翠成荫杨柳娇。雏形俱，领班旗铸就，汗马功劳。

沁园春·恭贺新喜

华夏飞霞，斗转星移，奔马驰羊。看风云变幻，山河增辉；政通人睦，岁月呈祥。风纪趋佳，民心舒顺，众志成城图富强。喜今日，那水鱼情盛，重汇胸腔。

新春原未寻常，古华夏无时不换装。羡天涯海角，蓬莱莫魄；远偏村舍，宛如苏杭。山石藏财，水田蓄富，土育粮棉遍地芳。若勤奋，创文明福乐，何虑安康。

沁园春·颂党的十四大召开

元骥南巡，誉满神州，情沸心腾。尽开门敞户，外联里引；赏金捐艺，百商纷争。绿绣坡梁，川原飞彩，万里神州驱旧容。谋宏计，拓生财远道，众志成城。

群英京都重逢，求福策潜心复议文。喜先驱健安，江山基石；新公开道，执舵前行。特色长葆，贫穷必弃，十亿同胞跨富门。抢机遇，宜乘风疾赶，奋力攀登。

沁园春·贺神舟载人飞船发射

时遇金秋，举世欢歌，神圣飞舟。展太空奥秘，嫦娥翩舞；玉皇仙帝，折腰当奴。闯宫军儿，自如施技，演练舱中健体柔。登霄殿，问宇寰谁宰，十亿君侯。

双星天际遨游，看华夏雄风振斗牛。喜城乡容貌，丰姿多彩；茫茫田地，尽资粮油。江涌河吟，山欢海笑，遥唾猴君枉自羞。九州奋，睹未来美景，独傲环球。

喜朝天·纪念"三八"
国际劳动妇女节百秩

喜潮天。庆婢女佳期，百岁周年。贵日临莅，恋情翻滚，思绪连绵。回首婵娟昔日，地层钻，唯苦饮黄连。身价贱，六神无主，只供玩鲜。

春雷震响寰宇，看半边天靓，挣脱枷钳。破俗辞旧，当家作主，矫正人缘。飞刃剪松缠脚，共须眉，举步迈台前。行国是，建功创业，万众开颜。

诉衷情·毛主席诞辰百年祭

苍神赈世莅人间，巨手锻锤镰。平生镇魅伏虎，驱豹制狼犬。

举赤帜，兴民生，缀花园。造祥酿瑞，功铸中华，享誉千年。

诉衷情·哀挽胡耀邦同志

梦中犹见瘁颜容，乾坤逝英灵。高山俯首失色，河海断歌声。

屈指计，花红时，净廉清。手操勋业，身许宏图，心系民情。

满庭芳·咏海地遇难中国维和警察

不测风云，山崩海泣，岛国灾难惊天。维和警察，重任负双肩。平暴安良治乱，公益事，奋勇争前。无情震魔吞生命，忠骸丧九泉。

壮坚。中华脊柱，尧舜尊严。创世界新序，勇涤硝烟。只愿敞开门户，条条路，顺畅安全。身先逝，青松永翠，香卉铸人间。

忆旧游 · 忆吟慈父

梦里思慈父，意冷心酸，悔泪涟涟。无计艰难事，伴涩辛苦辣，百味尝全。家贫就读无望，唯有种薄田。置双马耕耘，蓦遭匪劫，子丧黄泉。

愁冤。债常欠。奈独木撑梁，挣理荒园。熬盼东方亮，已半生虚逝，婪阅青天。哺育幼孥读写，举步舞翩翩，视聪慧孙甥，身旁膝下开笑颜。

忆旧游 · 追咏贤母

晚春吟贤母，涌动心潮，难断思情。自幼依山住，惯石磨水涮，柔倔成型。兵荒马乱无忌，矢志觅光明。叹痛失双儿，煎熬血泪，愁苦衔凝。

天晴。万民庆。喜世道伦理，终现公平。子女书堂育，种平安瘠地，总算离图。怎奈疾患缠扰，天命即归陵。饮半世黄连，含悲胤裔惭泪倾。

东风第一枝 · 咏区内那达慕大会

华夏逢春，草原盛会，金川双喜撞门。马牛肉满膘肥，片片羊群聚阵，万顷麦浪，碧波起，洪涛滚动。浓荫处，杨柳钻天，杏赤桃红。

铁水映，西天炽烈。钢焰涌，苍穹漫映。车流四处皆通，万店货价平稳。汉蒙情切，齿唇依，海河滋润。众英聚，献策图谋，来日共繁荣。

诉衷情·怀焦裕禄

官如父母不枉尊，莫羡泰顶松。身沉旱漠沙瘠，骨献异乡坟。

临难救，逢危扶，遇灾赈。米柴酱醋，房路衣餐，全载心胸。

沁园春·诉"文化大革命"

（一）

污气汹汹，恶雾重重，浊浪滔滔。似翻天覆地，山摇海倒；风狂雨暴，处处皆牢。赤士成群，神州涌动，铁脉迢迢车乱跑。肆无忌，望八方四面，阵状糟糟。

忠良贤达成妖，恨无赖流氓变舜尧。有庸官酷吏，施威作虐；任人为患，"左"作签标。随意打砸，草菅人命，千万平民无辜消。问生计，未循章精理，崩溃难疗。

（二）

白面书生，红卫孩兵，造反先锋。首校园开战，斗批且改；继进社会，狂暴围攻。破旧立新，扫除障碍，"牛鬼蛇神"俱炮轰。"走资"派，概夺权揪斗，见惯司空。

品纯身正心红，稍引诱火燎勇气冲。弃文书笔墨，专营武斗；抡刀操械，血债重重。玷污江山，自失美景，世路茫茫成罪凶。终身憾，替阴谋者死，不亚毛鸿。

（三）

举本高吟，"万寿无疆""永远健康"。日呼嚎献意，早须请示；晚犹汇报，以展忠肠。几只窝虫，无端寻衅，批斗元戎结叛帮。十年祸，致天愁人怨，自取灭亡。

古今世事沧桑，终身制官坛该退场。废专权独断，敞收民意；宫妃篡政，易败纲常。坑儒焚书，滥诛无辜，失道朝廷难寿长。阅青史，劝党国梁栋，永谱华章。

四木赞歌

满路花·苍松

立地顶天直，宁折不弯腰。穿云冲雾刺九霄。风吹雨打，铁躯未能摇。数九冰雪慑，三伏炎阳虐噬，依旧妖娆。

扎根山涧岩缝，青翠更苍娇。叶繁枝茂莫须浇。荒年旱月，清秀面容姣。春夏秋冬阅，四季常荣，万年永树天骄。

风入松·翠柏

迎风傲雪性坚强。钢铸铁脊梁。逢年过节家园供，似氤氲，味气醇香。万户千门皆喜，八方四面吉祥。

深山僻缝扎根长。素爱斗风霜。冰封雪盖寒流浴，勤梳洗，更显兴昌。毋用搽油涂粉，浑身永驻芬芳。

一丛花·骄杨

肥田瘦土尽相宜。活力更兴奇。房前屋后皆能植，惠人荫，涵养生息。湖畔河旁，江边海岸，无处不安栖。

避冰畏雪不为稀。春夏尽生机。钻天入地深根扎，貌容秀，俊俏肢肌。娇翠青春，从容欢度，珍爱好时期。

醉思仙·秀柳

柳丝连。看枝条嫩绿，接地通天。树头遮日月，叶茂花妍。甚可贵，浓荫处，逸爽赐人间。浴清风，似痴醉，貌容神态安闲。

虽嫩娇懦弱，餐风饮雨颇鲜。瘠地荒滩种，根深苗全。无意堤边植，荫成树茂枝坚。絮花随风舞，愉乐轻翩。广适应，低收索，善交际，好情缘。避寒冬，恋春夏，去还俱展新颜。

满江红·战洪图

盛夏天沉，南域峻，风狂雨虐。无情水，翻江倒海，堤崩河裂。险浪惊涛吞碧地，排山噬石房屋灭。毁家园，洪患肆横行，灾魔烈。

京都苑，思民切。勤政殿，举措迫。水上穿空救，三军如铁。亿万灾民离险处，再谋新志图宏业。大谐圆，砥柱中流，忧烦绝。

蝶恋花·雷锋精神赞

宇内欢歌同熠辉，潮涌人寰，昭示心灵美。好事纷纷千年萃，神州彩花映朝晖。

领袖书词龙蛇醉，万里山河，娇丽又雄伟。铁铸江山同手垒，军民奋战如鱼水。

西江月·纪念"八一"建军节

年届依稀耄耋，青春恰遇佳期。硝烟烽火映旌旗，鲜血融身洗礼。

虎师逢关皆克，劲旅世上无敌。它时鏖战赖水鱼，定将蟠桃摘取。

沁园春·赠树君部长并 《老年世界》

籍系同乡，分宅多年，餐冷茶凉。尔心忧意炽，海宽容量；几番援助，未果犹香。手足情谊，视金如水，淡饭庸衣品更强。勤公务，屡休眠忘食，饰扮边疆。

组工事业鞭长，为华夏琼楼育栋梁。应言传身教，开来继往；祖先美德，光大弘扬。老龄贤才，善留巧用，人尽其能创吉祥。百年际，瞻昔时病夫，永矗东方。

沁园春·赠内蒙古文联、作协阿尔泰主席

塞外闻名，久欲追寻，幸会雅庭。贵身强体健，疾无丝影；耳聪目锐，瞳海含情。资历清消，尊贤礼士，成就方圆肺腑明。秉公事，悯贱贫老弱，顺意牵行。

文坛事业多星，尝百卉争开百鸟鸣。瞥才源差异，青黄难继；存员壮队，众里求精。维护尊严，增薪厉志，激励贤能鞭策庸。勿须懈，有爽豪旗手，凡事常赢。

沁园春·赠包头市文联副主席、作协主席白涛

久仰芳名，相会无时，偶遇公庭。视身心爽易，几多温近；言谈快直，微细含情。指点章规，疏晓事理，助弱求成挚意凝。初交往，海内存胞弟，事路能行。

诗文铸就新星，铁笔奋长歌勤奏鸣。有长行短句，墨浓彩重；华言靓语，励志强精。韵调雄浑，腔圆字正，歌艺旌旗可胜擎。壮团队，步华宗勋业，永谱光明。

沁园春·赠《内蒙古诗词》编辑部副主任李文佑老师

塞外知名，久欲登门，拜会公庭。视身心素直，近人平易；衷言快语，皆系忧情。指点疤痴，疏晓格律，阴奉阳贬挚意凝。初识面，陌路如兄弟，共道同行。

诗坛炼铸明星，山乡静长歌勤唱鸣。有新行警句，墨浓彩重；锦言靓语，励志强精。韵调雄浑，腔圆字正，诗律词规肺腑铭。永无懈，继国学瑰业，盛绽晶明。

沁园春·贺包头市获誉全国文明城市

鹿苑新容，挂冠神州，榜首标名。贵中坚谋划，英明决策；众贤鼎力，务实求成。商学工农，男争女夺，万马千军创建匆。除邪气，促愚顽陋俗，匿迹销声。

炽红钢水腾星，喜赤浪催花地价升。聚远方商贾，繁荣市场；粮油奶菜，衣食居行。弱势群园，人皆饱暖，百里钢城万物盈。和谐地，造福康乐苑，尚赖诸英。

沁园春·咏《呼和浩特文艺》

不避严寒，学艺求经，文友赠刊。试几多回味，细心浏览；评头品足，肠胃舒坦。立意清新，主题鲜活，顺应民群恰自然。华章秀，视楷书胸襟，五彩斑斓。

楼堂优雅怡安，令笔者心潮似海宽。话风土情趣，无锦不揽；油盐柴米，万象皆谈。编辑亲温，热诚礼貌，编创联手勤奋攀。望来日，阅青城文苑，必是花坛。

沁园春·痛悼朱秉龙学友

爆宇惊雷，裂肺撕心，噩讯传来。似耳聋眼障，孰能轻信；头眩脑胀，迷雾难开。恰系英年，蓦然离去，难道阎罗犹妒才。苍天矣，寓厦方未就，何毁梁材。

品行依旧清白，忆年少独家攻艺台。奏抒情乐曲，路人涕泪；书章谱句，任尔仲裁。习字吟文，琴棋弦管，数类行门均创牌。今回首，在同仁序列，当置前排。

（注：朱秉龙系内蒙古戏剧家协会副主席）

208

沁园春·呼市公安局信访处警官赞

花甲祥年，华诞佳期，相会有缘。贵近人平易，家常叙念；经营信访，频聚民间。苦口婆心，现身说法，矛盾调和至毙奸。弃烦躁，令干戈玉帛，从此欢颜。

求真务实纠偏，揽证据坚持勤调研。众敞开话匣，齐抒己见，每周接待，广纳良言。同视尊卑，无分贫贱，法制公平展面前。执纲纪，寂寞犹情愿，永驻清廉。

沁园春·赠土右旗殡管所
白喜河所长

二秩时光，转瞬消耗，虽短犹长。务民事业，颇多交往；耳闻目睹，友弟情肠。金贵青春，无私奉献，殡葬操管身瘁忙。除卑贱，废风花雪月，实谱华章。

今朝虽卸军装，胸有志丹心仍在岗。恃浩然正气，秉公施职；力排旧俗，另辟新张。佐正驱邪，扬清激弊，惹是生端非异常。勿垂首，望前程秀美，喜创天堂。

锦堂春·咏包头诗词学会

两度千秋，人才济济，诗词学会开元。赤手成家，艰苦创业维权。党政甘撑梁柱，诸师集汇中坚。著经书繁市，雪页纷飞，争寄晶言。

十春寒窗匆逝，视堂优舍雅，交友流连。四海锦章供阅，任尔钻研。更喜同仁参助，夏裔情，暖胜家园。日必盈生乐趣，舒展精神，益寿延年。

沁园春·阅《内蒙古诗词》 《包头诗词》

塞外江南，济济人才，欢聚草原。赖中流砥柱，资财助物；同仁捧场，酒饭源源。妙笔生花，墨香飘散，佳味诗词飞絮篇。任暇赏，眼亮心神逸，体健心闲。

锦章如此甘甜，凭编者辛劳汗水涟。贵整天伏桌，翻书阅报；咬嚼吟诵，倍觉新鲜。诗会亲朋，词交良友，赠送诗词胜似钱。待来日，应扩充园地，广续佳言。

水调歌头·鹿城新貌

烟漠在何处，塞外换新天。碧涛映没沙浪，荒石变能源。琼厦连绵矗立，厂矿纷争创惠，农户度丰年。往日鹿居处，瘠地尽开颜。

钢为帅，煤藏富，粟仓连。车流涌汇经脉，学府布乡街。病痛频频隐遁，商市繁华兴旺，极目是游园。群鹿再逢际，方觉万般鲜。

水调歌头·咏秋

碧海绿天际，敕勒万般兴。山川河畔飞翠，处处米粮盈。波里浮沉驹犊，浪内飞扬锦绣，原野卧霞虹。古地辞陈事，放眼尽繁荣。

金风展，硕果聚，彩涛浓。勤劳致富，千钧改革送东风。犁雨锄云积惠，播喜耕忧得益，五谷俱能丰。举首神州事，曙晖耀途程。

沁园春·咏《老年世界》

遍览青城，花甲欣逢，专赐老年。视首封壮美，彩图娇艳；内容丰富，气象超千。"史海钩沉""诗书画印""人物、言谈、揭秘"篇。论"情感"，并"养生保健"，均系佳言。

"老年大学"新鲜，上刊授妪翁似有缘。"格律诗"致趣，"健康"增寿；"治防疾病"，"心理"安闲。"文化"专栏，"戏游"天地，百味家餐胜乐园。路无境，在艺河创业，勇往朝前。

沁园春·咏《内蒙古日报》改版

题自元勋，舞凤飞龙，墨重千钧。系党群喉舌，身承大任；言传语教，服务全民。花甲余年，锦篇累累，字海文山挚意亲。若回眸，数兴区宏业，功胜千金。

丰碑立世如林，翘首望路途导向频。众同仁虽惫，激流勇进；和衷共济，协力齐心。主笔高强，设施完备，再迈峰端必定新。莫迟懈，趁东风强劲，振臂勤耘。

沁园春·《包头日报》改版感怀

领袖书名，精致修容，面目鲜新。贵同仁脑汁，多斟久酌；谋评策划，尽耗精阴。排难降灾，忠诚事业，淡忘寝居劳肺心。花甲际，望钢苑硕果，遍地欢欣。

报林刊丛已吟，须来日媒坛再搏拼。若胸宏志阔，笔锋见辉；热耘苦撰，章句如神。字咏福祥，句书富庶，创建和谐胜万钧。莫犹豫，定牢随旋律，永伴阳春。

满江红·抗击"非典"颂歌

岁月峥嵘,春情异,风云激烈。瘟神暴,袭人逼命,神州遭劫。首领紧操民众事,谋筹周至群心切。驱魑魅,还往昔安详,昭宏业。

田园美,衣妆悦;车床乐,机无灭。喜飞舟欲射,九霄擒月。众志成城山俯首,忧情挚意如钢铁。望前景,华夏共婵娟,强宫阙。

沁园春·《包头日报》创刊七旬志贺

风雨兼程,文采鲜丰,富美鹿园。忆抗敌岁月,鸣如鼓角;擒龙缚虎,舆力强坚。治域安邦,培勋植业,歌颂功德铸萃言。凭工艺,汇脑汁汗液,字里行间。

纵观锦语成篇,赖新老群星竞著鲜。阅彩池墨渍,神欢情畅,百科荟萃,赏心开颜,情趣相融,文图皆茂,健骨舒筋更赐闲。待来日,再增添营养,快马加鞭。

沁园春·咏战"非典"中的白衣天使

身净神纯，胸阔心慈，志趣清高。练博渊术技，多知广涉；精医熟艺，敢誉英豪。邓氏思维，三元哲理，盛会精神频涌潮。德能聚，喜务民尽责，武略文韬。

青春烈火熊烧，战万险克敌昼夜劳。奈隔居秘室，亲疏友避；驱魔斗疫，兴致滔滔舍弃天伦。遍尝苦难，汗液浇融病吏逃。赖诚业，斩恶瘟病毒，资佑同胞。

夏云峰·咏美岱台寺

美岱召。统军寺，三娘坦汗皇朝。砖固石坚壁垒，瓦利城高。殿堂排序，齐耸立，彰显英豪。

塞边常有风涛。兵刃见，社危民怨难熬。婵女献身结缔，友善衔牢。汉匈联谊，孰可胜，匪寇慌逃。四海颂，牛羊蹦逗，国富民饶。

沁园春·咏呼铁局《铁马》文艺

《铁马》飞腾，耀眼霞光，绽放彩虹。叙通途畅道，似圆美梦；人情世理，炽烈潮红。小说诗歌，短长故事，字画书行如凤龙。装帧好，喜常吟不厌，乐在心中。

阅来倍觉轻松，增干劲周身全是功。每读书看报，耳聪目悦；筹谋策划，恰有真功。主笔辛勤，钻研博学，致志专心攀艺峰。精神壮，阅铁流文艺，日渐兴隆。

沁园春·喜咏《草原》

创业维艰，接力传承，美饰文园。赞精明主笔，勤耘花苑；施肥除莠，孕育良贤。诸位同仁，齐心奋进，继往开来勇向前。逢凯日，纳千红万紫，垦就春田。

锦衣玉宴平闲，须绷紧精神世界弦。可增容添页，微调成分；土生俗长，源自民间。瑞雪阳春，巴人下里，万象皆新方更鲜。米柴贵，望征程锦绣，行伍强坚。

沁园春·读王老师赠 《友众绝律选》

冬去春临，拜阅赠诗，迎虎辞牛。蓦眼前骤亮，捷径烁闪；功勋通道，汗液长流。四秩年华，熬心劳肺，嚼字吟文费脑油。老能乐，羡光阴实度，无所他求。

访寻《绝律》缘由，贵友众平生勤探究。幼青山策马，烈风熏染；根红苗正，终身无忧。展墨抒怀，颂扬咏唱，才艺江河敢畅游。挚情盛，树为人风范，传继千秋。

沁园春·赞纪检监察干部

云淡天晴，日丽风和，平泰家园。眸朝阳光下，阴云时显；奠基根部，内蛀非闲。灾自窝虫，贿贪似滥，铁石肌体藏溃缘。求良策，应祛邪治污，扶倡清廉。

振邦强党需贤，须察视秋毫明镜悬。树大公挚意，为民除患；肃贪拒腐，吏治开先。务政存真，有忧无畏，弃旧图新勇往前。舍精气，毅益兴革弊，芳在人间。

沁园春·喜土右旗"两会"召开

多彩丰州，水秀山清，草茂粮丰。看驹欢犊跃，春光遍地；贸繁商活，满目欣荣。财气横流，工农兴旺，万马腾飞如巨龙。金旗乐，建富民花苑，梦幻成功。

普天大振雄风，争参政代表做主翁。有雄才献策，忠肝足显；公勤司责，更见贤能。蒙汉同心，情如足手，万众拧绳共耀荣。莫迟懈，再凝神鼓劲，攀越高峰。

沁园春·学习十三届四中全会公报有感

己巳炎天，十亿都城，浪煎火燎。恨兴风首犯，凶狂歹毒；盲从徒子，助浪掀涛。践法欺军，伤生害命，灭党亡国气熖嚣。途穷日，幻西方美梦，枉自徒劳。

骄阳吐艳光滔，喜群俊聚圆心系牢。拓兴邦富路，源流愈阔；固基先则，根底难刨。肃纪清风，倡廉除腐，治乱图强将弊淘。望明日，应同心协力，共涌春潮。

浣溪纱·敕勒川药材市场开业志贺

步王友众诗长原韵

敕勒山川莽野苍，井洪哺饮豕牛羊。万民同乐筑粮仓。

盛会东风掀闭间，众手祛难建天堂。瘟神秽气敛身忙。

沁园春·土右旗建呼包鄂区间中等城市感怀

背靠青山，面向黄河，独踞金川。有乌金储地，电源盈沛；水流成系，洪井泉甘。骡马牛羊，粮油糖菜，瓜果清香鱼惹馋。双人艺，视韵音唱遍，东北西南。

资源财富非凡，建城市天方不夜谈。赖坚强书记，擎旗开道；招商敬业，立项频繁。队伍精诚，群民助阵，众志成城排险难。初成效，望茫茫敕勒，地覆天翻。

清平乐·冰

冷固寒凝，遍体皆晶莹。严冬赐得刚强性，一生质朴纯清。

逢难宁肯玉碎，临终不求瓦全。待到花红草旺，舍身浇灌良田。

清平乐·雪

纷纷扬扬，花瓣漫天香。甘为世间巧梳妆，绵绵意深情长。

来时驱寒送暖，去旧除灾祛难。生就纯朴无瑕，只知造福人寰。

沁园春·贺包头新华保险支公司两岁

春暖花香，水碧天蓝，艳日娆妖。喜新华士气，精神抖擞；强兵健将，频相中标。加点加班，抢分夺秒，业绩榜头荣誉彪。双冬夏，悦鹿城民众，水秀山娇。

司团如此强骄，凭艰苦驰骋新律条。阅初行大法，以人为本；《福家》铺路，《富贵》牵桥。立信诚心，尽仁至善，服务虔忱赢颂谣。展宏业，望前程远道，还待明朝。

沁园春·咏丽可、老伴、喜来健理疗器免费体验中心

塞北仲春，披绿飞红，喜讯频传。试新型床械，中华品系；全身摩按，气血舒坦。矫正颈椎，远红外线，更会驱除疾病缠。须勤践，体魄日趋健，福寿如山。

厅堂清雅闲宽，妪翁聚开怀齐笑谈。有浓情院长，才高学博；师姐乐助，讲授频繁。叔伯姨娘，轻歌漫舞，其乐融融意气酣。望明日，盼健康学府，兴旺非凡。

敕勒新韵

古风

锦绣江山万年娇

——伟大祖国五十华诞杂咏

（一）

中华文明逾五千，辉煌灿烂书巨篇。

黄河九曲育沃地，长江万里泽富田；

巍巍疆域壮国威，滔滔海浪享主权。

勤劳善良传世代，古老文化缀花园。

（二）

忆昔浩瀚心如海，历史帷幕徐徐开。

秦皇汉武颇有志，守国卫土算奇才。

宋祖唐宗能创业，励精图治可主宰。

思汗平生识骑射，只是昙花瞬间彩。

（三）

朱君立国尚节俭，煤山腐化即弃权。

闯王进京叹短暂，济贫均地成空言；

清帝入关江山败，卖国求荣实可怜；

列强瓜分激怨愤，从此皇命归九泉。

（四）

辛亥炮声震环球，共和民国阅九州。
总理英年憾辞世，割据军阀添战仇；
蒋贼篡权行无道，攘外安内忘耻羞。
卑躬屈膝狼作父，国格人格付东流。

（五）

南湖船上起雷霆，唤醒志士与仁人。
镰刀斧头开新宇，炮弹枪杆葬瘟神，
鼓角声声扫旧制，义旗猎猎迎瑞春。
井冈会师昭天下，革命从此树灵魂。

（六）

生死攸关步险棋，狼牙虎口奋征西。
围追堵截铸勇智，血肉皮骨筑生机；
风雨同舟驱倭寇，众志成城葬铁蹄。
八载抗战书鸿志，东亚病夫愈疮痍。

（七）

辽沈决战威名扬，平津淮海势更强。
苟且和谈撕假具，百万雄师猛渡江。
进军秋风卷残叶，获胜春潮驱老蒋。
二十余载孤家治，独裁美梦付黄粱。

（八）

千山欢呼万水笑，民众沸腾江旗飘。
历史伟人招巨手，激情热浪震云霄；
病夫奋起东方矗，魑魅魍魉迷梦消。
改朝换代功盖世，锦绣江山万年娇。

江总书记到草原

（一）

腊冬时节近年关，北国风雪搅严寒。
千里疆防何以固，万民生计任孰安。
离岗工友去留事，受灾农家吃住穿。
千丝万缕尽公务，俱在领袖脑海缠。

（二）

冰天雪地涌甘泉，领袖简从莅草原。
抗灾新居身先试，百姓冷暖问及全；
兄弟姐妹情切切，父老乡亲意绵绵。
各族齐赞总书记，少儿共呼江爷爷。

（三）

青城飞花亦飞彩，万众喜迎领袖来。
雪花片片传捷报，腊梅点点映日开；
下岗员工情如火，特困居民心似海。
放眼神州谅全局，为国分忧理应该。

（四）

钢都今日意若何，改革深化有浪波。
车间情结牵脑海，炉内钢流淌心窝；
员工甘苦疾品验，企业艰难细琢磨。
排忧解困微毫至，全员振奋乐呵呵。

（五）

十亿神州第一人，叩得庶民百姓门。
倾心叙谈促膝坐，共苦同甘话远景；
柴米油盐酱醋茶，吃喝劳作学住行。
叙到焦点动心处，老幼男女泪盈盈。

（六）

鹿城考察琐事繁，领袖平民似一般。
社情国是无不及，家务人缘尽可谈；
威严飘散极平易，拘谨销匿实慈憨。
足迹踏出金光道，长留北疆步步宽。

（七）

三军统帅巡军营，北疆长城气势新。
时时守土兼备战，处处秣马又厉兵，
人人生龙且活虎，个个能武亦能文。
战必获胜攻必克，固若金汤是国门。

（八）

自古帝王在皇宫，深居简出醉梦中。
山珍海鲜尝无味，姬妾嫔妃侍成群；
骄奢淫逸图享乐，终归败身亦裂名。
而今领袖无殊念，与民同心奔大同。

特色理论柱中坚

——改革开放二十周年纪念

（一）

十载祸端误新乾，四孽伦乱人娇颠。
雄杰丧职遭贬斥，渣滓得势谋窃权，
厂矿萧条皆休产，农家饥寒尽废田。
国民企盼寻生计，神州去从万众监。

（二）

金秋十月艳阳红，惊世春雷响宇空。
元老稳健操胜算，鼠辈束手进囚笼；
长天蔽日乌云散，大海欢笑碧浪滚。
八亿民众齐拥戴，长征接力未来人。

（三）

禁锢十春天下白，人民论坛阵营开。
"凡是"双成神偶像，真理独从实践来；
手足相残自歇息，经济振兴理应该。
富裕从此始有道，理论特色显奇才。

（四）

不倒老翁作舵手，海底沉冤见日头。
首案平反有公论，众民卸枷无续愁；
轻装着力绘新宇，重心凝劲写春秋。
倾国共举百废事，春意盎然喜满楼。

（五）

小岗首创承包田，烂漫山花展笑颜。
碱滩荒地能生玉，枯树朽木可摇钱；
五谷丰登仓储溢，六畜兴旺肉满源。
饱暖今已不成论，玉宇琼楼降农间。

（六）

陆海疆域胜金汤，威武师旅坚似钢。
战灾胜祸极平易，揽月捉鳖算寻常。
港澳回归多争气，耻辱雪洗倍荣光。
破碎山河成一统，世界主宰赖炎黄。

（七）

科技兴入精亦高，役力繁重全代劳。
巨轮远洋征极地，长箭高飞破云霄。
博硕奇才比比是，变革精英样样姣。
跃进何须千里马，电光时代已有桥。

（八）

风清气爽日月辉，万里尘埃天外飞。
霍乱瘟疫悄绝迹，血虫鼠患渐消归，
巾国须体质皆强壮，老幼身心俱免摧。
人人最喜康而健，十亿神州尽朝晖。

（九）

体坛健儿显身手，争雄夺魁霸五洲。
男兵对垒全无敌，女将开战竞风流；
旗飘得胜扬国威，冠到功成震环球。
炎黄子孙今有志，胸襟广阔争上游。

（十）

时空已跨二十年，忽如弹指一挥间。
常常日新兼月异，处处覆地又翻天；
制胜旗帜准方向，特色理论柱中坚。
掌舵唯凭总书记，悠悠气象越万千。

丰碑永归共产党

（一）

京都仲夏起雷霆，神州万里快人心。
举国取缔法轮会，山愈秀美水愈清；
革除枷锁释重负，歪理邪说无处行。
科学还须求实践，马列永远是真经。

（二）

宇宙循环有序章，末世哀论属荒唐。
年轻中华始振兴，强富祖国正盛昌；
日月飞进如穿梭，时代变革似沧桑。
各族儿女齐奋进，锦绣乐园定开张。

（三）

世间自古即无神，魑魅魍魉皆未真。
马列从来尊唯物，唯心法轮治死人。
劝君日后莫修炼，常事体育多健身。
读书万卷行万步，避灾免难定安生。

（四）

前车风波记犹新，御地京都又起尘。
师出万员齐聚集，示威一时费精神。
长治久安谈何易，建设改革计焉成。
图谋险恶枉自受，江山依旧万里红。

（五）

生性做贼心底虚，异国他乡且蛰居。
国格人格随心丧，列祖列宗任意欺，
崇洋媚外丢羞耻，奴颜卑骨事分离。
拉扯吹拍丑技尽，信口胡言事阿谀。

（六）

东方风来满目春，炎黄十亿心潮澎。
歪理邪说毋须驳，丑行劣迹难自哄。
知错即改急悔悟，回头是岸求大同。
携手并肩创四化，华夏指日腾巨龙。

（七）

轻剽巧窃著法书，谬论累累蓄意蛊。
前矛所向直逼党，后台稳操扰政府。
天公地杰俱无用，唯我独成救世主。
人贵当有自知明，异想天开必讨苦。

（八）

红日冉冉出东方，神州处处有战场。
男女老幼齐出阵，口诛笔伐尽文章。
追根究底清祸害，正本思源蓄意长。
天下从无救世主，丰碑永归共产党。

建党七十周年咏赞

（一）

朝阳光艳暖七旬，人间沧桑换乾坤。
恶山座座皆绝迹，苦水溪溪尽敛踪；
废墟无垠蓬莱现，宝塔有缘福乐存。
可叹蚍蜉枉用力，何不齐心求大同。

（二）

惊涛骇浪几度秋，惟赖砥柱坐中流。

烧杀抢掠外患伏，围追堵截内奸羞；

权在不容魍魉篡，势危岂让魑魅留。

喜看华夏革新事，鸟语花香扮神州。

喜迎建党八十华诞

（一）

山青水绿铺锦地，日丽风和绣霞天。

长城挺拔雄逶迤，大河奔腾亘绵延。

北疆盟固长安治，南城英豪永驻颜。

金棒千钧威力猛，魑魅魍魉难遁潜。

（二）

神州学教炽如荼，前线整改见功夫。

日理万机总书记，报国酬民众公仆；

生产创先谋发展，文化争优靓程途。

最喜人生有福利，八十华诞绘宏图。

（三）

万里长征战犹酣，春风已度西域关。

移山倒海织生态，呼云唤雨治沙滩；

三峡筑坝蠹绝世，藏青铁索锁宇寰。

莫谓大漠孤烟直，玉门关外胜江南。

（四）

轻徭薄赋古来有，国泰民安未能久。

而今减负革税费，农家宽松竞自由；

五湖四海任来去，建功立业雏志酬。

他年消得城乡异，十亿农夫更风流。

（五）

长城万里固若钢，铁甲三军演兵忙。

神舟仗剑游天阙，飞弹习武惊玉皇；

雄鹰劈风卫空域，战船斩浪巡海洋。

军民并肩御虎豹，祖国江山胜金汤。

（六）

"十五"规划沸心怀，世纪蓝图壮吾侪。

叱咤风云驱旧幔，挽转波澜铸新牌；

开天辟地显本色，降龙伏虎练奇才。

千秋功绩昭日月，不朽英名扬万载。

四化宏业耀千秋

——伟大祖国五十华诞杂咏

（一）

江山复兴喜事来，农奴翻身云雾开。
三山掀去腰骨硬，四族搬倒富豪衰。
穷汉当家有田种，富豪从此受制裁。
天下为公同凉热，黑暗消逝宇寰白。

（二）

农家生息初见好，衣可暖身食可饱。
互助合作威力壮，公社创立为时早。
全民猛鼓上游劲，多快好省树酬劳。
旌旗三面映耀辉，万里神州使错招。

（三）

天灾人祸苦三秋，炎黄儿女志不休。
艰难险阻妖魔遁，围攻讹诈敌特羞；
锦帜高扬道途阔，锐气奋发意神优。
精兵六亿图兴事，东方古域再风流。

（四）

新兴文坛起风云，京华城阁巨雷惊。
黑帮篡党谋权位，功臣遭虐受酷刑；
经济衰竭险崩溃，庶民涂炭丧生灵。
十载祸乱灾难恶，天怒人怨盼升平。

（五）

春风送暖冻地开，全会功勋史册载。
正本清源案雪冤，拨乱反正真相白。
重心转轨战经济，消除内讧祛斜歪。
劝公掌舵拨航向，华夏从此富根栽。

（六）

唇齿隔江两相依，唇亡齿寒定遭欺。
慷慨挥师驱帝佬，冲锋陷阵斗熊罴。
领袖献子风尚责，帅公涂脑谋略奇。
称霸魔王孰敢胜？宇寰请阅五星旗。

（七）

农家变革最当先，包干到户可胜天。
碱废荒滩能聚宝，野草枯木会摇钱；
饥寒贫困去不返，饱暖富裕种心田。
只缘政策合民意，万顷沃土无寸闲。

（八）

西熊势败不甘休，扇动风波漫神州。

鼠雀闹京图乱纪，将相治国善谋筹；

中华十亿凝一统，世间百族聚九流。

核心领导传三代，四化宏业耀千秋。

建党七十八周年颂

（一）

慈母掀开艳阳天，转瞬已逾古稀年。

耄耋岁月无老态，热血青春有新鲜；

举步何逊千里马，冲锋常为一往前。

斑斑伤痕成史料，天涯海角尽新颜。

（二）

军阀割据国破门，列强逞虐竞瓜分。

苦痛莫如山河碎，辱耻最是奴役生；

血肉累累无济事，气骨凛凛有何能。

学子孙文皆告退，还须乱世铸英雄。

（三）

国门未合敌未斩，内战频频自相残。
独夫降敌施计谋，民众求生伤势惨；
围追堵截长征道，生死搏斗鬼门关。
领袖难中执帅印，党军绝处再生还。

（四）

东北边关骤然开，蠢蠢欲动倭寇来。
奸淫掳掠极恶至，尸山血海酿祸灾；
横刀立马拯民众，舍生忘死战野贼。
八年苦斗终获胜，罪魁均赴断头台。

（五）

中华大地风满楼，国共挥师战神州。
辽沈宝地先期克，平津古都后续收。
十军万马鏖淮海，总统座席瞬间丢。
举世喜迎共和国，笑将欢乐代忧愁。

（六）

统帅昂升五星旗，疮痍病夫不废墟。
强基固本振农事，富国精兵兴商企；
百衰皆举甚短暂，万象更新只几许。
殖民血史髓骨痛，落后挨打永记取。

（七）

华夏普天亮彩屏，万里江山尽飞虹。
莫谓光明能制暗，肌体腐蚀现灾情；
鼠辈浩劫成训史，健身常须廉洁清。
斑瘤疮疥均可治，伟大光荣永世铭。

（八）

八旬高寿体态康，三代伟人共天长。
导师思想千秋在，邓公理论永放光；
勤政为民总书记，继往开来运良方。
十亿巨手开新纪，定将乐土变天堂。

痛悼小平同志

（一）

新春辞旧喜中惊，巨星陨落撼人心。
山河失色呜咽泣，日月弃光涕泪倾；
花草树木皆垂首，雨雪云雾俱伤情。
世纪伟人悄然去，无限哀思荡乾坤。

（二）

坎坷生涯苦难连，波澜壮阔七秩年。
南征北战功勋赫，舍生忘死情志坚；
三起三落无悔恨，诚心诚意永往前。
苍松翠柏何足赞，亮节高风感地天。

（三）

火内真金至精美，世人心海筑丰碑。
欣喜遗愿能承继，快慰大业定腾飞；
跟党奋进顶风浪，为国争光忍痛悲。
特色旗开辉煌道，锦绣前程绽朝晖。

明朝澳门更美好

——热烈欢庆澳门回归祖国

（一）

遥望南天心事茫，肉骨分割众悲伤。
天涯海角洗衣地，闲山淡水晒谷场；
窃鸡摸豕权作岸，偷梁换柱且从商。
残涎频滴啖吾肉，寄居晒衣甚荒唐。

（二）

葡人施礼忘廉耻，贿银频频交明使。
本性促得侥幸计，异想祈来鸿运时；
威胁利诱有的矢，胡搅蛮缠无休止。
脚踪未稳先施讹，唯恐扩掠魔爪迟。

（三）

明君无能世态凉，匪害夷患逐日强。
剽掠蚕食技多术，巧取豪夺谋有方；
安乐淫逸迷魂魄，财宝金银醉心肠。
封疆复土置脑后，国计民生更无章。

（四）

清廷昏庸人间奇，丧权辱国犹自喜。
魑魅魍魉时时掠，豺狼虎豹纷纷欺；
山河失色频频破，财富丢弃源源牺。
最恼条约不平事，民众反叛亲眷离。

（五）

孙君救国心似火，万里不辞勤奔波。
披肝沥胆求真谛，英年早逝憾成河；
军阀据割争权利，官僚结伴降外魔。
更有蒋公安内论，统筹宏业愈滑坡。

（六）

东方风来满目春，病夫从此焕新生。
獾狐驱散各回位，铁铸江山万里红；
重获主权废枷锁，再建家园耀祖宗。
举步拓开阳关道，携手向前创大同。

（七）

邓公决策若神明，一国两制最公平。
尊重史实讲现状，古今中外皆宜人；
继往开来建伟业，承先启后制新春。
脱胎换骨闯盛世，阔步昂首向光明。

（八）

光阴转眼四百年，历史长河一瞬间。
星移斗转朝代换，天翻地覆尽新颜；
游子归来普天乐，莺歌燕舞庆团圆。
澳门明朝更美好，华夏前程锦万年。

贺 "两会" 圆满成功

(一)

全会春风浴神州，肆虐灾魔终变囚。
华夏四方皆喜讯，农家十亿俱丰收；
就业工程频频建，改革事态步步优。
国泰民安百业兴，政通人和万恼休。

(二)

盈盈喜气土默川，灾难丛中奏凯还。
雹冰袭击无所惧，洪涝夹攻更欣欢；
穷则思变长奇志，富亦进取度难关。
三十五万儿女意，大河奔流泻不完。

(三)

群雁高飞头雁领，山河依旧人先新。
特色旗帜牵思路，务实理论冶丹心；
堡垒始由基础筑，污秽常自顶头清。
千锤百炼可成器，祸灾磨难手中擒。

（四）

千头万绪何所行，经济建设是中心。
粮油糖菜均丰产，猪牛羊鸡尽成群；
五谷丰登天下逸，六畜兴旺人间宁。
工农商学享极乐，党政军民庆太平。

（五）

各族代表聚一堂，富民强旗求计方。
知无不言内涵重，言无不尽意味长；
褒贬评说怀友善，批评议论情无伤。
四海五湖同进取，七嘴八舌共争光。

（六）

人民代表权至高，政协委员更操劳。
参政议政心血费，监督管理肝脑耗；
仗义执言抒己见，依法陈词教尔曹。
团结互助同荣辱，国是繁忙魂梦绕。

（七）

五年目标催人勤，近期规划思路明。
苦干十载小康美，开发四期百貌新；
双提双转收益著，大学大讲方向清。
且喜川上绘宏图，万顷宝地全生金。

（八）

团结盛会隆重开，老幼妇孺喜心怀。

建功立业靠头雁，勤劳致富凭智才；

政策安稳人心定，灾难祛除地生财。

他年攀得小康顶，千秋幸福树常栽。

颂十三届七中全会公报

（一）

腊梅吐香雪莲绽，黄莺高歌紫燕舞。

朝阳艳艳勤送暖，明月姣姣任施妩；

星辰祛羞微微笑，云朵去忧细细睹。

全会集思论国是，万水千山皆欢呼。

（二）

宏章鸣角当奋进，夙愿盖世应疾书。

心染河山描锦画，志攀天宫绘通途；

疆域割裂成史话，骨肉团聚有新曙。

来日且喜砥柱健，九州定展四化图。

全国科技大会召开有感

（一）

万马腾飞再启征，科苑群英百计生。
携手运筹兴国策，并肩拓展强富门；
言路敞开智益广，共识凝聚理愈真。
如今创就千秋业，来日华夏更威雄。

（二）

忆昔奇耻作病夫，虎咽狼吞剔完肤。
三餐常是豕狗食，终生尽为牛马苦；
降敌有路愧生世，报国无门难自主。
落后挨打已成训，从此永绝受欺侮。

孔繁森颂

（一）

国门开启逢盛年，两番献身赴西天。
八旬慈母陋家撂，贞惠贤妻孤床眠；
血滴斑斑润瘠地，汗珠滚滚洒高原。
日夜操劳边疆事，四时尽职无休闲。

（二）

热火青春献天涯，高原峡谷皆是家。
耕云播雨思报国，除旧图新兴中华；
清风两袖心无欲，正气一身胸有霞。
出师未捷楷模在，神州遍开幸福花。

全国"两会"志贺

（一）

京城闹春喜飞怀，各族聚议茅塞开。
自古集思可广益，众志成城创未来。

（二）

厅堂议政高见先，众口调舌尽直言。
莫畏忠唇可逆耳，素来听信切忌偏。

（三）

骨肉分离曾几何，华夏同胞共欢歌。
他年归得台港澳，中华一统福乐多。

（四）

独特理论已铸成，传代接力自有人。
而今扬帆破浪进，美妙畅想将成真。

读十一届五中全会公报有感

惊天春雷起神州，庶民欢畅魑魅愁。
宗传三代核心定，国建四旬壮志酬；
承先启后展勋业，继往开来绘琼楼。
整顿治理功成日，携手再渡大同舟。

国庆五题

（一）

长夜沉沉暗无天，万民度日胜熬年。
君暴逞威施逆政，宦苛乱朝误良贤；
王侯接代少忌律，将相传宗多种缘。
封建迷雾吞古国，帝制枷锁葬人间。

（二）

美肉鲜肥甚宜人，世间列强竞瓜分。
毒瘟蔓延万物枯，兽欲宣泄百事沉；
委靡懦弱总挨打，志短气怯皆受穷。
可叹东亚神州地，废墟垒垒尽哀鸿。

（三）

革命先躯抛头颅，舍生忘死救神州。

东奔西颠求至理，南征北战报国仇；

降伏军阀定寰宇，掀翻帝制稳中流。

兴华基业半途废，国父身名永世留。

（四）

迷雾拨开耀明灯，先师马列作指针。

随党共产宏图就，兴国武举大业成；

除狼击豹歼贼寇，伏虎降龙定泰平。

华夏从此开新纪，万里河山归人民。

（五）

乘风逐浪勇往前，四十六载转瞬间。

血汗洗涤旧天地，辛勤开启新纪元；

风调雨顺百业兴，国泰民安万象鲜。

更喜全会传捷讯，十亿雄杰庆团圆。

咏陆海空联合军事演习

波涛滚滚浪滔天，雄师强制海空权。
飞弹粒粒皆中标，剑光缕缕尽摧坚；
银燕展翅勇无敌，战艇击水胜有缘。
喜阅今日三军壮，铁铸江山固万年。

亚运会赞

（一）

忆昔病夫实堪悲，河山锦绣贼寇毁。
门不拒虎虎施暴，家亦引狼狼逞威；
有物难享群凶掠，无才可用众孽摧。
何日环球存一席，还我华夏真善美。

（二）

飞箭腾空振国雄，千载奇耻化烟云。
强谋招得五洲客，富计赢来四海宾；
恶风撼树树愈屹，骇浪摇灯灯更明。
今朝欢呼体坛会，东亚古域定太平。

贺亚运会圆满成功

（一）

圣火高洁擎国门，亚洲健儿逞英雄。
华夏壮士居魁首，友邦雄杰占上风；
技艺精尖终为末，友谊第一该是本。
双周竞赛时虽暂，深情厚意定长存。

（二）

旌旗五星耀九州，义勇军曲震全球。
白山黑水腾笑浪，天涯海角涌热流；
机床随心产精品，田地着意创丰收。
可叹当年病夫事，扬眉吐气再无愁。

风雨同舟一家亲

（一）

酷暑施威水如汤，暴洪逞虐峰似狼，

田园锦绣涛里毁，家舍丰美波内藏；
库阔千顷难容纳，堤高万寸无阻挡，
灾魔百载犹不遇，旧国若逢生命亡。

（二）

电波传令铮铮音，银屏送暖娓娓情。
九州赠物同胞义，四海捐款赤子心；
军民鼎力长城筑，骨肉相聚盛意凝。
滔天洪浪终消散，风雨同舟一家亲。

开展反腐败斗争有感

春雷爆震响神州，庶民欢畅魑魅愁。
肌体受蚀系国运，蛀虫猖獗危宇楼；
全民倡廉饬风纪，万众肃贪邪气收。
除祛污秽轻装进，无量前程荡明舟。

中华民族精神颂

（一） 怒斥北约轰炸暴行

天蓝水碧艳阳红，花香鸟语满园春。
全球同栽友谊树，举世共筑幸福城；
道不拾遗同胞爱，宵免闭户手足情。
盛年难得太平日，国泰民安景象新。

北约霸权甚横蛮，唯恐人间无祸端。
恃强欺弱系本性，独断专行成疾顽。
狂轰滥炸酿悲剧，践章违约致伤残。
天怒人怨齐声责，老鼠过街同愤喊。

（二） 敬悼邵云环同志

古来女杰有木兰，爱国忠君盛事传。
梨花红玉穆桂英，屈指不及邵云环。
身负使命恋异国，笔耕墨耘费心肝。
字字胜如刀枪剑，人民欣慰敌胆寒。

春夏之交风云变，战火频频降人间。
生死存亡皆度外，艰难险阻更向前；
枪林弹雨挺身进，天涯海角魂梦牵。

青春热血何足贵，奉献中华彪万年。

（三） 敬悼许杏虎同志

年近而立胆气豪，异国投笔胜如刀。
出生入死冒飞弹，废寝忘食勤操劳；
荣辱耻羞皆淡忘，利禄功名全弃抛。
正义伸张求和平，着笔千言敬尔曹。

英烈年华付水流，浪花点点飞彩油。
金光闪烁知己羡，硕果丰实庸徒羞；
生死庄园无老少，进退关头见刚柔。
悲歌一曲响天下，壮士音容铸千秋。

（四） 敬悼朱颖同志

华夏雄杰古来多，朱颖豪气吞山河。
出使万里行异国，下笔千言讨帝魔；
亲眷分离寄思念，父老在堂忠孝薄。
热情满腔为正义，泼辣檄文胜战歌。

明知当今山有虎，英杰偏向虎山行。
刀枪剑戟何所惧，生离死别视常情；
雄魂永驻千山碧，浩气长存万水清。
举国怒讨霸权罪，痛悼忠烈涕泪倾。

抗日战争胜利五十周年咏

（一）

病夫善弱志无刚，饱受宰割已寻常。
大好河山遭蹂躏，锦绣庄园被撂荒；
正人君子如犬豕，匪盗妖孽似虎狼。
肆虐十载伤痕重，惊叹古国不成邦。

（二）

忆昔倭寇生性惨，凶暴恶煞绝人寰。
烧杀抢掠血汇海，奸淫盗伐尸堆山；
财富源源劫夺易，罪恶累累罄书难。
东亚古国兽欲泄，善弱同胞泪不干。

（三）

抗战暴风卷九州，庶民奋起报国仇。
坚壁清野"三光"废，分进合击四海吼；
弯弯地道歼敌寇，巍巍炮楼葬贼奴。
喜看草木皆胜兵，魔鬼美梦付东流。

（四）

茫茫乱世出英雄，战场驰骋八路军。
抛肉洒血拼死斗，废寝弃食舍命争；
火炼烟烤国仇烈，活剥生吞敌气凶。
夜以继日驱贼寇，神州终胜换乾坤。

新春四章

（一）

紫气东来万象新，瑞雪飘飞捷音频。
江河湖海浪涛激，山峦峰嶂彩绣明；
厂矿机韵催日月，农家旺火兆丰盈。
更喜商贸生意活，百价回落顺人心。

（二）

领导身心坠基层，下情上达决策生。
米袋饱满无忧患，菜篮鲜盛可安宁；
解困扶危图康富，救灾消难送暖温。
莫疑党群未凝聚，万千公仆重树型。

（三）

群英绘图展在前，望中远景更为鲜。

楼宇重重蓬莱逊，瑞祥霭霭彩虹联；

秣马厉兵跨新纪，养精蓄锐迎盛年。

举国奋起战"九五"，无限曙光耀人间。

（四）

融融春风沁家园，兴国富民任在先。

清正廉洁成事迅，奋发进取创业艰；

安逸福乐勿堕蜕，祸灾险难应除歼。

俯首苦战十五载，神州共撑大同天。

咏自治区新貌

（一）

敕勒茫茫望断烟，大漠滚滚遮日天。

狐跑兔飞觅楼所，雁鸣鹿啼寻家园；

火种刀耕求药食，祈云祷雨盼甘泉。

游牧终日无归宿，漫漫瘠地均空闲。

（二）

铁骑飞践战无休，剑影刀光蔽云头。
手足相残失道义，同胞互煎自为仇；
悍勇苦吞亡国恨，忠贞屈尝丧权羞。
东征西讨何时胜，大好河山枉自丢。

（三）

惊雷炸裂国门开，凶神恶煞蠢蠢来。
烧杀抢夺凶似豹，奸淫掳掠如罪海；
煤源滚滚受冷冻，林浪涛涛不见材。
富盈矿产地宫避，锦绣山河穷空白。

（四）

东方霹雳报春晓，塞外旌旗迎风飘。
且喜锤镰掌国印，更欣蒙汉登富桥；
高楼林立蓬莱逊，钢水长流任傲骄。
荒凉旧貌逝不返，换骨脱胎任炳彪。

（五）

光阴转瞬五十春，千里草原万变中。
百业兴旺皆拓展，半纪沧桑愈繁荣；
城乡家户争富裕，市镇街村涤贫穷。
特色坦途景无限，携手共跨康乐门。

"两会"花絮绽新彩

（一）

刀耕雄鸡鸣唱东方白，新纪迎得盛会开。
诸族代表沐春至，众位服务随意来；
勤俭始显页纸贵，廉政先制作风歪。
官民由此相距近，领导交替喜胸怀。

（二）

总理连任已五秋，政绩不凡芳自流。
祛邪何惧地雷阵，扶正岂降万丈沟；
勇往直前排险隘，义无反顾冲斗牛。
清朴廉洁图精治，超常掌声盛情留。

（三）

群卉齐开争艳娇，百家共鸣任抒聊。
柴米油盐皆题话，衣食住行尽咀嚼；
强国规划从容绘，富民蓝图精致描。
箴言铭论为国是，施计献策筑梁桥。

（四）

自古官吏食皇粮，民众负担日渐强。
变革机构情里悦，消肿冗员意中祥；
干群融洽合力在，职责分明效率良。
喜望中华明日事，春满神州沐朝阳。

父老乡亲皆弃贫

——土右旗建旗三十周年杂咏

（一）

敕勒川原天幕苍，极目凄楚四野茫。
黄沙滚滚遥无际，砂石重重贵有刚；
巍巍青山枉聚宝，绵绵沃土空怀桑。
孤烟缕缕云间绕，惊鹿哀哀幽怨长。

（二）

青山鸣咽黄水愁，日寇铁蹄任践蹂。
劳苦贫民如草木，凶神恶煞积恨仇；
家园宿食皆悬胆，城门进出俱叩头。
烧杀抢掠天良丧，苦难何日尽敛收。

（三）

接代传宗恨无权，衣食住行均赖天。
民国中叶灾瘟降，瘠地茫茫断炊烟，
草籽树皮皆用尽，离乡背井落荒田。
粥棚解饥只叹少，异国友人著新篇。

（四）

日出东方漫天红，塞外天地展新容。
水土富饶山河秀，六畜兴旺五谷丰；
落花出果草生木，顽石成玉土变金。
百里沙滩皆变貌，万民幸福乐融融。

（五）

人类生衍食为天，日均三餐盼丰年。
风调雨顺酸粥腻，荒时旱月糠麸甜；
"金米洋面"佳节用，海味山珍更为鲜。
而今餐桌纳天下，祖传筵席已无缘。

（六）

粗衣糙布难遮羞，绸缎绫罗更鲜有。
千丝万缕针线织，件件缝补九春秋。
新潮服饰入家户，名家品牌任需求。
男士扮得满潇洒，女君媲美竞风流。

（七）

海海漫漫干沙滩，草舍连绵混茅庵。
炎暑不可遮雨露，腊冬难以避风寒；
如今高楼平地起，砖瓦琉璃似已凡。
家家争创小康户，福乐康泰享不完。

（八）

农事开发大有为，万顷桑原衣更美。
桥涵闸坝全成套，渠路林田方为规；
海浇漫灌已废旧，高效优质正生辉。
耕作劳务凭机械，旱涝保收天公悔。

（九）

累累北果渐南移，不毛野滩飞翠衣。
瓜甜菜美名气重，药贵花荣品色稀；
汉毯绒革惠友国，农电乌煤益乡旗。
山水田园尽优势，展翅鹏程景愈奇。

（十）

千里宝川览异景，朔风低草已无形。
琼厦玉宇昂然矗，市贸商贾火爆营；
柏油富路天涯至，农牧特产海角行。
安得通达大同愿，父老乡亲皆弃贫。

孺牛精神扬万年

——哀悼自治区党委常委呼市市委书记牛玉儒同志

（一）

根植沃土素养好，枝繁叶盛品性高。

尝遍百草输乳汁，奋力耘田付辛劳；

锄云犁雾酿福禄，呼风唤雨制李桃。

出身未捷英年逝，常使百姓热泪抛。

（二）

偷算突袭病魔狂，饮血食肉恶胜狼。

日理万机终无畏，灾祸临头似寻常；

病躯满载民众事，公务不休更繁忙。

已将生死迁度外，只愿人间变天堂。

（三）

微服私访古来留，官官相护添民忧。

且看书记入基层，尽知百家何所求；

衣食住行闲趣乐，柴米茶盐酱醋油。

践诺无分家国事，愚昧陈腐弃东流。

（四）

耗精损血只等闲，异地为官树新天。
廉洁清正诛私欲，事必躬亲绩效联；
三个代表溶脑海，六戚不识佑尊颜。
可叹噩耗袭人早，孺牛精神扬万年。

七绝·两顾内蒙古政府感赋

区府厅堂不显高，待人平易任辛劳。
当官自古民为本，赤色终身万勿抛。

向内蒙古党委书记储波进言

湘官治蒙已数年，北疆千里换新天。
胜时常有灯下墨，污秽邪风染清廉。
农夫枉受黑恶气，处心诈财是其缘。
今日无奈传书信，唯盼三品洗奇冤。

新春四题

（一）

世纪之交风雷涌，群英盛会阅古今。
兴党强国政绩累，妆天美地经验纷；
蓝图宏伟长宏志，远景壮观坚壮心。
更喜新老妥交替，锦绣江山万年臻。

（二）

瑞雪纷飞天气寒，都市精神兴登攀。
领导率先访贫困，媒体多面做宣传；
形势喜人催人进，创业兴国强国难。
展望目前神州地，春潮滚滚似移山。

（三）

神舟飞船宇宙游，乾坤美影眼底收。
王母惊飞枕中梦，玉皇吓落肠里愁；
拨开云雾人间望，启动影机太空瞅。
修身健体何方是，极乐圣地在神州。

（四）

两会新闻四海扬，文明政治五洲香。
权位交接堪顺利，去留分明合力强；
新老相济胸襟阔，德才互补量能洋。
党国后继有人在，大同伟业美无疆。

防控"非典"战歌

（一）

羊岁春馨气温偏，乍暖还寒雨雪连。
天色骤变人多患，病毒凶顽疾甚坚；
菌孽无形袭亲近，医士屈作传染源。
九州辽阔均胜地，疫祸无情频蔓延。

（二）

电波频传汇疫情，中南海里如揪心。
主席身察病源处，求医访患抚灾民；
总理百忙恤百姓，举措得当功效勤。
政府诸官同协力，邪魔病毒无处行。

（三）

病敌当头祸力强，举国驱患排海江。

全民消毒抗肺疾，合家除难击魍魉；

可恨奸商图活利，哄抬物价谋钱粮。

劝君莫为亏心事，廉洁奉公万年香。

（四）

当年曾颂白求恩，救死扶伤为国人。

今时喜看医护使，舍生弃活战死神；

终日陪伴"非典"疫，衣食住寝皆隔层。

幸有民族精神在，万众攻关功告成。

庆《土默特右旗报》创刊十年

（一）

敕勒川原绘彩报，万水千山乐陶陶。

峰峦叠嶂皆翡翠，浪花汹涌尽波涛；

百鸟翔飞齐歌唱，千卉绽发共妖娆。

更喜漫漫吉祥地，沙原无处不飞潮。

（二）

笔耕墨耘日夜修，汗水心血著春秋，
情中意外皆国事，字里行间俱民求；
青春换得千门乐，志趣融没万户忧。
浩翰书海连肝肺，报国甘愿作孺牛。

（三）

寒来暑往星斗迁，艰难困苦度十年。
白手制书九州地，陋室装扮四海天；
饥餐艺坛画刊报，渴饮辞界音讯言。
而今黑发变白首，蜡炬春蚕只等闲。

（四）

新闻事业赖于党，圣母情怀暖胃肠。
培植精心期望重，激励频繁鞭策忙；
遇偏勤纠航向正，逢错立改教益长。
亏得中流有砥柱，昂首阔步奔前方。

（五）

十年劳碌苦用功，鬓更斑白心更红。
夜以继日事有序，寝废食减乐无穷；
咬文嚼字津津味，修句筑词郁郁馨。
脑汁绞尽心血费，唯有傲骨伴清贫。

（六）

十载遥遥一瞬间，硕果累累挂川前。

天涯海角知己众，白山黑水比邻添；

故乡振兴摘旧貌，群众富裕换新颜。

业绩当是催征曲，再攀高峰永向前。

内蒙古 12·14 英雄颂歌

（一）

大漠孤烟天苍苍，长河落日野茫茫。

昭君出塞千秋颂，胡汉和亲百世芳；

而今此地生新卉，再谱人生锦绣章。

不朽青春争相献，难得中华好儿郎。

（二）

盛会激发精气神，五洲四海尽欢声。

千载经验媲金贵，三个代表塑人新；

古国时时除旧俗，神华处处涌雷锋。

万里江山换风貌，乾坤无地不是春。

（三）

塞外北疆凝雪冰，学童闲避娱乐频。
瞬间闪失坠湖内，生命垂危刻不容；
陌生诸子蜂拥上，不思利禄忘功名。
金玉驱体抛脑后，舍生冒死奏凯音。

（四）

热血生命诚可贵，民族精神价更高。
阳光哺育胎里富，雨露滋润胚中雕；
悉心教养勤磨砺，着意培植付辛劳。
千日抚兵一时用，中华儿女当自豪。

土右旗医院新风

院长亲诊

专家院长坐诊堂，医病疗疾日夜忙。
临床施术救急死，巡案凭技扶重伤；
更兼政党诸琐事，头绪繁杂可循章。
妙手治理康乐苑，生机蓬勃活力长。

紧急救护

癌患逼命求援频，病魔无情人有情。
车务百忙呼即到，院室九满用则新；
手续简洁消烦意，价值合理现真心。
喜看今日白衣使，救死扶伤为庶民。

乡村见闻

收获小麦

风灸灸云压不测天，万顷金浪待开镰。
老幼男女皆临阵，夜以继日尽争先；
粒粒浸汗汗汇海，穗穗聚水水浇田。
莫道丰时粮满仓，饱暖切应防歉年。

高炮防雹

漫天冷云横半空，雷鸣电闪贯长虹。
当年驱虎声威在，今朝防雹益利存；
雾中试靶弹无废，雨内除害术有功。
炎日练就抗灾艺，敢教山乡五谷丰。

包头一路公共汽车赞

巾帼群俊事鹿城，驾驭公车堪认真。

餐风饮露勤思客，春夏秋冬尽为民。

日日披星多戴月，夜夜忘食少安身。

功名利禄皆淡忘，无怨无悔献青春。

大城西乡杂咏

党政领导班子

众志成城胜铁拳，求同存异合力坚。

攻无不克战无败，惟赖班长能率先。

一年获十九项奖

奖状盈门誉满乡，干群奋发自图强。

功绩须靠汗墨录，莫羡昙花霎时香。

乡内外无债务

经济沧海任遨游，富民利乡两相求。

轻装奔得小康道，万民同乐败子羞。

咏包头一路公交乘务员

（一）赠乘务员王文莲

纤弱女杰去而来，钢都驰骋展胸怀。
千头万绪丝不苟，四面八方赞英才；
为民宗旨心常记，报国宏图志难衰。
终如既往持久贵，朴实无华创优牌。

（二）赠乘务员杨春卉

热血青年务司乘，言行举止显才能。
高低贵贱弃私念，得失取舍公益存；
迎宾待客心肠热，扶老携幼体态亲。
五湖四海留满意，天涯海角播文明。

（三）赠乘务员时建梅

钻研车技淡红装，爱岗敬职时龄芳。
扎扎实实施春韵，兢兢业业树华章；
海内知己留肺语，天涯比邻暖心肠。
四方宾客齐嘉赞，党政领导应奖彰。

（四）赠乘务员武莉莉

火样年华似水流，闪光青春谱春秋。
岗位平凡职责重，业绩淡薄美誉留；
官民贵贱皆同视，老弱病残俱能优。
积年累月劳碌伴，时时奉献无所求。

（五）赠乘务员陈丽珍

待客温和似识羞，默默无闻谱春秋。
尊老抚幼品格贵，求胜争强名效优；
实实在在有奉献，勤勤恳恳无所求。
功名利禄九霄外，青春耗费似水流。

咏包钢印刷厂

钢都印坊坐鹿城，畅营文墨工艺真。
严明治厂谙法道，盛情服务心意诚；
素质常是百年计，客户乃为首席宾。
鱼欢水阔誉永在，工农同盟似亲人。

春苗成林正当年，朵朵桃花绽笑颜。
聚精会神事工务，俯首贴耳勤钻研；
位卑职重厂为眷，心细手巧技当先。
艺精赢得留恋客，螺钉光华永亮鲜。

咏包头人防地下商城

自古人间羡苏杭，孰知地宫有丽堂。

鹿苑今日创奇业，巨厦基部设市场；

平时购销聚商贾，战来避弹将难防。

喜叹政权逐年固，万里江山若金汤。

足踏石阶下深层，须臾进入不夜城。

道道寒光映如昼，缕缕清流吹似春；

千般批料物架载，万种零品柜台陈。

初客不识钢都事，误为凡民进龙宫。

土默川新事

（一）六大班子抓经济

头雁领飞翼率高，众力进取履步牢。

乡镇夯实根基固，市厂激活渠路滔；

工富农稳贸商活，重文促教医卫褒。

更喜小康时日近，国泰民安度新朝。

（二）全旗"四突破"

喜讯萦绕土默川，千家颂述万民欢。
农户粮食逾六亿，圈棚牲畜已翻番；
财政创绩贫困逝，乡企突破富途宽。
卅万人民献光热，九五起步开善端。

（三）抓好党建促经济

党建齐抓贯始终，誓旨昭昭火样红。
堡固基层献身易，雁领群鹰展翼雄；
勤奋赢来年年富，技巧告辞辈辈穷。
坚信锤镰开新纪，时时处处是先锋。

土默川丰收图

丰收图

乡间田野机声隆，普庆丰收氛围浓。
仓中麦积如粮海，场面秸堆似山峰；
首播夏禾初入库，二茬秋田又长成。
河畔山麓皆为画，放眼万紫胜千红。

交公粮

农家喜遇屡见新，眼笑眉开售粮勤。
机车载重情意挚，站场验磅价公平；
声声笑语农家事，颗颗麦粒爱国心。
只缘政策惠村户，山乡频见小康人。

土默川秋景掠影

（一）

平川极目浪连天，金碧相缀一望间。
耀彩葵花随日转，结棒玉黍迎风翩；
牧歌传情六畜旺，山曲报讯五谷鲜；
莫道天公无恩义，灾后愈须庆丰年。

（二）

坡上羊绕胜如云，园中瓜果香味浓。
院栽钱树家聚宝，厂兴实业富盈门；
未产先销勤寻路，商市两旺财气生。
敕勒宝川海且漫，如今遍是小康人。

乡村拾零

咏葫芦头村文明星级户活动

面依明沙背靠水，振富脱贫大有为。
弃医从政头雁带，兴牧促农领班随；
文明治村章法善，精神育人举措累。
莫谓纯金通神路，心灵一燃万物辉。

区直社教工作团赞

青城志士入乡村，藏温送暖树新风。
兴修水利败旱魔，活跃文苑富灵魂；
捐资办学本宜固，创业增收域应通。
处事虽暂情常在，乡民盛赞绩永存。

包头抗震救灾赞歌

（一）包头地区强烈地震

晴空霹雳炙浪飘，瞬间依稀天地摇。
墙倒屋塌祸灾降，震魔肆虐气焰嚣。

（二）江泽民总书记李鹏总理慰问电

京都电波传佳音，首长抚慰暖民心。
字里行间千钧力，殷殷挚烈关爱情。

（三）刘明祖书记乌力告主席千里慰问

北疆灭火战正酣，骤间鹿城震灾惨。
千里驱车为民众，苦累疲劳肺腑甘。

（四）包钢抗震救灾

钢都成灾志不残，铁军奋起排万难。
祸难关头显本色，无愧事业好领班。

（五） 农民抗震救灾

农夫遇灾失自家，犹为地球织彩霞。
锄云犁雨葬私念，誓与天公争生涯。

（六） 捐款捐物

东亚古国锦锈天，一方有难八方援。
盛情款物频频送，天涯海角众心连。

（七） 葫芦头村为孤寡老人捐款

友邻兄弟遭震灾，异乡农家系心怀。
捐济千元不足贵，手足情义深似海。

（八） 兄弟省市区捐款捐物

自古海内存知己，如今天涯若比邻。
济困扶危寻常事，十亿同胞献爱心。

咏土右旗城建局局长云占高

（一）

适逢英年胆气豪，盛烈风华志趣高。
心髓倾注公益事，汗渍润洒攻关招；
胸际常怀民生计，意中尽积富乡韬。
在任三载政绩重，万民共喜乐陶陶。

（二）

古镇巧饰费煞心，市海借水舟漫行。
长街披绿植松翠，巷头挂彩建厦勤；
赤诚涤落老古旧，盛情育就美妙新。
而立青春作为大，无愧父老共乡亲。

咏萨拉齐制药厂厂长王继承

青春一刻价千金，创业艰难唯在勤。
改革胆略敢除旧，建树才华能布新；
精神不败强为贵，信仰永恒理是明。
天地虽小事业壮，鹏程万里足下行。

达拉特祺写真

——《达拉特报》创刊三周年咏

（一）

《达拉特报》岁三年，硕果累累积万千。
服务中心促经贸，近贴群众载真言；
舆论频频鼓实劲，撰笔纷纷绘新篇。
喜看比邻沧桑事，旧容处处换新颜。

（二）

主帅贤明队伍勤，配设齐全容貌新。
领带鲜艳添风度，社服整洁助精灵；
章制贴切风纪佳，干群融和事业兴。
飞跃凭得领头雁，白纸黑字铸真情。

（三）42 岁的旗委书记

初遇不识似凡民，旧式衣着体态平。
挥笔成章尽人意，畅言稳健联旗情；
思绪条理谋虑远，以身作则令通行。
且用喉舌作号角，治党策略算英明。

武川纪行

（一）水调歌头·《武川报》百期创刊志贺

远道寻芳地，正逢武师田。四开小刊揽萃，行里花木鲜。笔耕墨耘二载，捷讯飞传百页，期期出新篇。川上陈迹逝，万坡尽开颜。

煎脑肝，燎心肺，寝食闲。编采公务繁杂，一身尽清廉。解难排忧须勤，更喜主心骨力，策马齐争先。待到小康日，携手共凯旋。

（二）柏油公路

秋高气爽宜旅行，车如箭发似流星。
泥泞坑洼成史话，万里油路一抹平。

（三）武川风貌

车上极目涌坡梁，山村风情费端详。
垛垛莜麦银铃翠，沟沟凹凹铺牛羊。

（四）热情接待

同仁喜邀进山城，执掌相握情意深。
住宿玩乐细微至，亲近犹如故乡人。

（五）敬献哈达

北疆少女情意长，好客喜友气如钢。
一曲悠扬祝酒调，宾至如归暖心房。

（六）领导重视办报

喉舌器具藏机关，党政首脑致力管。
绿灯开处皆方便，务虚求实尽凯还。

（七）为县报吃偏饭

穷乡僻壤创业难，精打细算辑周刊。
百项杂支俱紧缩，唯有文墨迹未干。

（八）建高速公路

阵似长蛇望无边，车水马龙闹喧天。
阔步飞行犹嫌慢，昼夜兼工奔康园。

抗　旱

（一）

天高云淡炎阳燎，沙焖石热瘠土焦。
千里赤地等霖浴，万顷新禾盼雨浇；
责任田头汗滴积，"父母官"庭脑汁熬。
全民奋起皆参战，誓与旱魔定分晓。

（二）

丝丝银线勤输电，道道农渠送水忙。
昼锄夜灌两不误，浅浇快轮各有方；
灭虫药械应时到，助长肥源随心帮。
夏日洒施劳苦汗，秋季可获丰收粮。

裁树新话

栽上摇钱树，建起幸福库。

栽树在田间，风沙隔得远。

山坡多栽树，水土保得住。

平原多栽树，保持好水土。

若把风沙堵，田边多栽树，

人人栽果树，家家都致富。

栽树在河畔，防洪保堤岩。

栽树忙一天，利益得百年。

一日砍大树，十年荫凉无。

栽杨杨穿穹，种柳柳成荫。

要看人家勤不勤，先看四旁树成荫。

家有千棵松树，子孙不再受穷。

杏三年来梨五年，枣树当年得现钱。

安全行车歌

雨天路滑走中间，雾里行车莫争先；

冰路制动须警戒，下雪埋路勿走边。

制动方向是关键，经常检修保安全；

切莫凑合当儿戏，一旦出事面难见。

生命第一车让人，盲目刹车是祸根；

预见制动最科学，车内车外不受惊。